Über den Autor

Lars Landers lebt und arbeitet in Berlin-Mitte.

Mit »Ich werde älter« legte er 2009 seinen ersten Roman vor. Die Zweitauflage erfolgte 2015.

»Nichts bleibt ... wie es war« und »Kaputt« wurden 2014 als weitere Romane veröffentlicht.

www.larslanders.info

Lars Landers

Ich werde älter

Roman

Bibliografische Information der Deutschen Nationalbibliothek:
Die Deutsche Nationalbibliothek verzeichnet diese Publikation
In der Deutschen Nationalbibliografie, detailierte bibliografische
Daten sind im Internet unter http://dnb.dnb.de abrufbar

© Lars Landers
Alle Rechte liegen beim Autor
www.larslanders.info

Lektorat und DTP: Cordula Natusch, Hamburg
www.redaktion-natusch.de
Fotos von Alexander Platz, Berlin

Herstellung und Verlag: BoD – Books on Demand, Norderstedt
1. Auflage 2009, 2. Auflage 2015

ISBN: 9783734775130

Meinen Freunden und allen, die mich auf meinem Weg begleitet haben.

Meinem Vater und meiner Lektorin, ohne die das Buch (so) nicht wäre.

Der Vorhang geht auf

»Luise, mach doch bitte! Ich möchte nicht schon wieder zu spät kommen.«
»Jedes Mal das Gleiche, Harald. Mach dir nicht ins Hemd. Wir kommen schon pünktlich.«
»Du bist ja noch nicht mal geschminkt!«
»Das geht ganz fix.«
»Ja, ja, das sagst du immer, und ich muss warten.«
»Wie heißt das Stück, Harald?«
»‚Ich werde älter'«
»Und um was geht's?«
»Ich habe dir doch das Programmheft gegeben!«
»Hatte keine Zeit dafür.«
»Warum gebe ich es dir dann überhaupt?«
»Ha-rald!«
»Na, um das Älterwerden.«
»Nun schmoll nicht.«
»So geht es immer. Du versprichst mir, rechtzeitig fertig zu sein. Ich bitte dich schon seit Stunden, endlich anzufangen. Du hältst mich hin, wirst nicht fertig, ich werde sauer, wir streiten uns, und jedes Mal fragst du mich, um was es geht. Wieso lade ich das Programm immer wieder runter, drucke es aus und gebe es dir?«
»Ja, warum eigentlich, wenn ich es doch nie lese?«
»Das frage ich mich langsam auch.«
»Hoffentlich hast du gute Plätze reserviert.«
»Habe ich, auch wenn meine liebe Frau doch wieder nicht zufrieden sein wird.«
»Immerhin nennst du mich noch deine liebe Frau.«
[Schweigen]
»Erinnerst du dich noch an letztes Mal, Harald?«
»Natürlich, das Stück war echt gut.«
»Das meine ich nicht. Mein Sitz war total durchgesessen und dann noch dieser furchtbare rote Plüsch.«
»Was hat das mit dem Stück zu tun?«

»Außerdem hat mein Nachbar unangenehm gerochen.«
»Du bist aber auch nie zufrieden.«
»Dir ist es vielleicht egal, ob dein Sitz durchgesessen ist oder dein Nachbar stinkt. Mir nicht. Das lenkt mich vom Stück ab.«
»Mach jetzt bitte hin.«
»Ja, ja.«
[Pause]
»Bestell doch schon mal das Taxi.«
»Ist vorbestellt.«
»Mein braver Harald.«
»Mach endlich.«
»In der Pause trinken wir wieder ein Gläschen?«
»Machen wir doch jedes Mal. Eigentlich hast du jetzt schon genug!«
»Harald, ich möchte doch nur ein wenig plaudern, und außerdem bin ich nicht betrunken.«
»Ich möchte, dass du endlich fertig wirst.«
»Wenn du die ganze Zeit auf und ab gehst und mich drängst, wird es auch nicht besser.«
»Wenn ich es nicht tue, auch nicht.«
»Wie spät ist es denn?«
»Sieben durch.«
»Das schaffen wir.«
»Haben wir noch nie.«
»Und trotzdem liebst du mich!«
»Dazu sage ich jetzt nichts.«
»Warum gehst du eigentlich gern ins Theater, Harald?«
»Warum nennst du mich heute eigentlich ständig ‚Harald'?«
»Wieso denn nicht?«
»Cherie gefällt mir besser.«
»Ach, Cherie …«
[Schweigen]
»Du willst mich doch nur ablenken. Also gut, auch wenn ich es schon hundert Mal erzählt habe. Mein Vater hat mich schon als kleines Kind ins Theater mitgenommen.

Seitdem liebe ich die Stimmung vor dem Stück, die Theaterluft, den Schweißgeruch der Schauspieler. Ich mag die Aufregung der Gäste, alles wuselt durcheinander, das Sehen und Gesehenwerden, die Gesprächsfetzen in der Luft. Die Leute ziehen sich endlich mal was Vernünftiges an. Kerzen, Kandelaber, Kronleuchter. Der Gong, der nach uns ruft. Es ist irgendwie ein bisschen feierlich für mich, so wie an Weihnachten. Ich komme mal raus, lasse mich inspirieren. Die Liste ist endlos. Mach jetzt bitte hin!«
»Bin gleich mit dem Schminken fertig. Warum hast du das Thema mit dem Älterwerden für uns rausgesucht?«
»Geht uns das nicht alle irgendwie an?«
»Die meisten finden uns bereits steinalt. Muss ich mich als Frau daran erinnern lassen?«
»Nicht das Thema schon wieder. Ich lese dir mal einen Absatz aus dem Programmheft vor:
‚Beobachten Sie gern? Sind Sie an dem Leben anderer interessiert, ein Voyeur? Konnten Sie sich mit 15 vorstellen, 30, 40, 50 oder noch älter zu werden? Wer wollten Sie sein, und was ist aus Ihnen geworden? Sie wurden geboren. Damit fing das Dilemma an. Woher kamen Sie? Wer sind Sie? Warum sind Sie hier? Wohin werden Sie gehen? Wie werden Sie die Farben und Konturen dieser Welt sehen, ihre Geräusche hören, Gerüche wahrnehmen, Leckereien schmecken, Formen ertasten, lieben, letztlich sterben. Sie werden älter, das Wundervollste und Normalste der Welt. Wussten Sie, ob Sie es schafften würden?'«
»Kann ich nicht viel mit anfangen.«
»Warte doch erst mal ab.«
[Schweigen]
»Ich bin fertig.«
»Gott, ich danke dir, aber nicht für ihr Parfüm.«
»Harald!«
[…]
»Hier sind unsere Sitze.«

»Ich sehe gar nichts.«
»Es wäre nicht dunkel, wenn wir nicht wieder zu spät wären.«
»Pssssssssssssst!«
»Entschuldigen Sie!«
»Setzen Sie sich doch endlich hin.«
»Entschuldigung.«
»Mein Sitz ist wieder durch, Harald!«
»Meckere bitte nicht rum, der Vorhang geht doch schon auf.«
»Ich werd doch noch mal was sagen dürfen.«
»Hmh.«
»Was soll das denn, Harald, will der Typ da jetzt eine Rede auf der Bühne halten?«
»Keine Ahnung und bitte, bitte, halt jetzt den Schnabel, Luise.«
»Ich sag ja gar nichts mehr.«
[Schweigen]
»Verehrtes Publikum, sehr geehrte Damen und Herren, ich bin ein Mensch.
[Pause]
Das wird Sie nicht überraschen.
[Pause]
Mich hat es irgendwann überrascht. Ich wurde geboren und habe keine Erinnerung daran, wann, wo und wie ich das Licht dieser Welt erblickt habe. Die ersten Jahre meines Lebens existieren für mich nicht. Es ist, als hätte ein alles verschlingendes, schwarzes Loch ganze Arbeit geleistet. Falls meine ersten Gefühle, Blicke, Gedanken und Worte von einem dieser Löcher aufgesaugt worden sein sollten, so habe ich den Staubsaugerbeutel bis heute nicht gefunden. Es wurde anscheinend ganze Arbeit geleistet. Irgendwo müssen sie doch abgeblieben sein, meine Gedanken, meine Gefühle? Aber so sind die ersten Jahre in mir dunkel, und ich kann sie nur durch den Blickwinkel anderer erfahren, und da fühle ich mich hilflos ausgeliefert. Oder meine Deutungen erhellen diese frühe Zeit

meines Lebens. Wenn Lebenserfahrungen vererbt werden könnten, hätte ich mir vieles ersparen können. Ich hätte gewusst, dass ich kein Prinz bin, nichts Außergewöhnliches tun und mich immer wieder an der Herdplatte verbrennen werde, dass ich aus dem Herzen des Kindes in den Kopf des Erwachsenen gehen würde, dass sich meine Kindheits- und Jugendträume pulverisieren werden, dass ich schlicht und einfach älter und stückweise erwachsener, man sagt gern auch vernünftiger, werde und, verdammt noch mal, dass ich ein ganz normaler Mensch bin. Ich war nicht vorbereitet, dass das Leben eines Durchschnittstypen so viel Alltagswahnsinn beinhaltet, und dass ich auf so viele Minen treten würde.
Aber was ist ein ganz normaler Mensch? Ich stehe vor Ihnen, und mein Hemd verbirgt meine Wunden. Darüber bin ich froh. Die meisten Verletzungen sind mittlerweile vernarbt, einige brechen gelegentlich wieder auf, andere bluten noch immer. Ich hoffe, ich habe keinen Fleck auf meinem Hemd. Das wäre mir peinlich. Einige Wunden befinden sich zum Glück auf meinem Rücken, sodass ich sie nicht sehen kann, entschuldigen Sie, ehrlicherweise sollte ich sagen: sehen muss.
Diese Sache mit der Herdplatte ist mir immer wieder passiert. Ihnen auch? Ich bin 40. Die Lebenserwartung in Deutschland beträgt bei Männern 77 und bei Frauen 82 Jahre. Das Durchschnittsalter jedoch, ich bitte Sie, genau hinzuhören, nur bei 41 Jahren. Mal ganz ehrlich, haben Sie das gewusst? Ich nicht, und ich habe es deswegen »gegoogelt«. Dieses Wort gab es bei meiner Geburt noch gar nicht. Habe ich nun noch 37 Jahre oder nur noch ein Jahr zu leben? Vor 20 Jahren habe ich 40-Jährige als uralt empfunden, das waren Greise für mich. Heute gehöre ich zu ihnen. Ob mich die Jugendlichen auf der Straße auch so sehen, wie ich es damals getan habe? Denken diese Schnösel, Verzeihung, Jugendlichen vielleicht, dass mein Leben schon gelaufen ist? Ab wann darf man zurückschauen? Mit 20 oder 30 doch nur, wenn man ein Star ist.

Das bin ich nicht. Darf ich also in meiner goldenen Mitte – oder vielleicht auch schon kurz vorm Exitus – zurückschauen und Sie mit dem Leben eines Durchschnittsmenschen belästigen? Steht mir, ausgerechnet mir, das zu? Hatten Sie schon einmal das Bedürfnis, Ihr Leben wie eine Art Filmstreifen an Ihnen vorüberziehen zu lassen, Bild für Bild, Sequenz für Sequenz? An welche Bilder können Sie sich noch erinnern? Welche sind übrig geblieben?
[Pause]
Ich habe geliebt und wurde geliebt. Ich habe verletzt und wurde verletzt. Ich habe verlassen und wurde verlassen. Zu viel möchte ich an dieser Stelle natürlich noch nicht verraten. Schließlich sind Sie deswegen heute Abend hier, deshalb stehe ich vor Ihnen. Ich werde mein Hemd über meinen Wunden lüften, aber nicht zu weit, Sie verstehen schon. Ich werde Ihnen ein ganz normales Leben zeigen, natürlich nicht alles, dafür haben wir in den nächsten zwei Stunden, die Pause auch noch abgezogen, natürlich keine Zeit. Ich werde mich auf einige Episoden beschränken. Sie werden entscheiden, ob Ihnen dieser Kerl und seine schlichte Geschichte sympathisch sind, ob Ihnen Dinge bekannt vorkommen, ob sie sich selbst hier und da entdecken können, ob es die Wahrheit ist oder erfunden wurde. Nur für den Fall, dass Sie das denken sollten, ich bin weder ein Narzisst, Weiberheld, toller Tänzer noch schön und erst recht nicht perfekt. Doch sehen Sie, entscheiden Sie selbst! Es ist Ihre Wahrheit! Das Stück beginnt.«
»Was erzählt der da?«
»Pssssst, Luise, bitte!«

Der kleine Wassermann

»Da isser!«
»Ist ein Junge.«
»Puh, ist der hässlich!«
»Mensch, der trägt ja ne Pelzmütze, Mann, so dichtes, schwarzes Haar, sieht man nicht alle Tage!«
»Los, den Klaps auf den Po!«
»Nun schneid mal jemand die Nabelschnur durch!«
»Ist die Plazenta vollständig?«
»Wer wäscht ihn?«
»Ist die Mutti okay?«
»Gib ihn ihr doch mal!«
»Schädel ist in Ordnung, trotz Zangengeburt!«
Ich habe keinen blassen Schimmer, unter welchen Umständen ich das Licht dieser Welt erblickte. Wo und wann steht in meinem Personalausweis. Es war in einer Kleinstadt südlich von Hannover in Niedersachsen. Meine Mutter sagt, es sei um 10.45 Uhr gewesen. Im Mutterpass stehen 56 cm und 3.780 Gramm. Alles Weitere muss ich mir zusammenspinnen. Vielleicht liegt die Erinnerung wenigstens in meinen Zellen, wenn ich mir meine Geburt schon nicht in mein Gedächtnis rufen kann. Damit fing doch schließlich alles an.
Jede Geburt soll ein Schock für das Baby sein. Also fängt alles mit dem Geburtstrauma an. Wahrscheinlich wollte ich im Bauch meiner Mutter bleiben. Da wird es schließlich angenehm warm gewesen sein, ich kannte mich aus und bekam das Rundum-Sorglos-Paket. Wann hat man das im weiteren Leben denn noch einmal? So wurde aus der ersten Verbundenheit gleich auch die erste Trennung. Ein Bewusstsein hatte ich noch nicht. Aber Wahrnehmen konnte ich immerhin schon, erst war es warm, dann kalt, hell, laut, kalte Hände, die mich nach der Trennung von meiner Mutter erwarteten und in denen ich herumglitschte. Vielleicht habe ich die Aufregung der Erwach-

senen gespürt. Von all dem da draußen – und ich war schon mittendrin – hatte ich überhaupt keine Ahnung. Wann habe ich wessen Stimme, was wahrgenommen? Es gab noch keine Erinnerungen, Überlegungen, Vorstellungen, Einschätzungen, Beurteilungen, Pläne und Konzepte. Allein die Aufzählung ist schon anstrengend.
Letztlich wurde ich ungefragt in die Welt katapultiert. Geborgen und behütet stecke ich als Holzpfeil zusammen mit meinen Brüdern und Schwestern im Köcher. Es geht mir gut. Ich werde herausgezogen, auf den Bogen gelegt, die Sehne wird gespannt. Und man feuert mich wuchtig in den dunklen Wald hinein, dem darin verborgenen Feind entgegen. Nach einem langen Flug ins Ungewisse schlug ich irgendwo hart in der Baumrinde ein und steckte schon mitten drin im Schlamassel. Hier war sie also, die Außenwelt, und ich verloren im weiten, dunklen Wald.
Ich hatte keine Ahnung, was passierte, konnte keinen Einfluss nehmen, habe vielleicht nur rumgebrüllt und war dieser neuen Welt, verdammt noch mal, vollkommen ausgeliefert. Ich steckte zwar nicht wirklich in der Baumrinde, war aber schon umringt vom Desaster, während die Wellen über mir zusammenschlugen und mich überfluteten.
Vielleicht erlebte ich hier auch meine ersten Verluste. War ich doch gerade aus diesem wohligen und friedvollen Moment im Mutterleib in die neue, unbekannte Krankenhauswelt übergeglitten. Hatte ich Momente neuer Kontakte und Wärme zum Krankenhauspersonal geknüpft, so wurde ich dieser stets wieder beraubt und von Hand zu Hand weitergereicht. Was wusste ich schon über Räuber und Diebe! Würde ich jemals diese nette Person wiedersehen? Werde ich das alles hier so ganz allein in meiner Wiege in irgendeinem Raum überhaupt überleben? Wahrnehmungen über Wahrnehmungen, Fragen gab es ja noch nicht und natürlich erst recht keine Antworten, aber dafür jede Menge purer Emotion.

Ich war, existierte also und hatte offensichtlich den Willen, mich dem Unbekannten zu stellen. Was blieb mir auch anderes übrig? Haben Sie es anders gemacht? Natürlich war mir zu diesem Zeitpunkt nicht bewusst, was da alles auf mich zukam. Wahrscheinlich ist es überlebenswichtig, die eigene Zukunft nicht zu kennen. Ja, ja, ich weiß, so denkt und spricht ein Baby nicht. Verzeihung! Meine Geburt stand im Zeichen des Wassermannes. Ein wichtiges Zeichen! Es wird von Bedeutung sein.
»Wassermänner lieben die Tiefe«, las ich als junger Mann in einem Horoskop in der Wochenzeitung. Natürlich glaube ich nicht an Horoskope und lese sie deswegen auch nicht. Das ist so wie mit bestimmten Nachmittags- oder Vorabendsendungen, die nie jemand gesehen haben will, aber jeder kennt. Es gab Anfang der 90er-Jahre eine Sendung mit Hugo Egon Balder, eigentlich Egon Hugo Balder, aber egal. Tutti Frutti war die erste erotische TV-Show im deutschen Fernsehen. Die kannte auch niemand, aber alle wussten bestens Bescheid über die Spielregeln und natürlich das leicht bekleidete »Ballett Cin Cin« aus Zitronen, Erdbeeren und so. Irgendeinen Bezug musste der Name der Sendung zum Glücks- und Ratespiel ja haben, das nur den Striptease zur Folge hatte. Den konnten dann die Bürgerinnen und Bürger der Republik in ihren Mittagspausen- und bei Stammtischgesprächen als skandalös verdammen. Legendär sind die Musikeinlagen mit Hugo am Klavier und Mikrofon. Die Republik war nicht mehr im Zaum zu halten.
Also, die Sache mit den Wassermännern und der Tiefe sollte mich noch lange genug beschäftigten. Als Kind hatte ich von all dem natürlich keinen blassen Schimmer. Das Sternzeichen des Wassermanns bringt einen Nachteil mit sich. Es ist nicht möglich, seinen Geburtstag zusammen mit Freunden beim Grillen im Garten oder im Freibad zu feiern. Zur Auswahl stehen vielmehr Kinobesuche, Rodeln, unfallträchtiges Sackhüpfen und

Topfschlagen im Kinderzimmer bei eisigen Außentemperaturen. Die Geschenkvielfalt fällt aufgrund der gerade eingetretenen Feiertagssättigung nach opulenten Weihnacht- und Silvesterorgien leider geringer als bei einem im Sommer geborenen Kind aus, der Geiz obsiegt. Das ist nicht nett, sage ich Ihnen.

Durch diese und andere Mängel ist es für den älter werdenden Wassermann unausweichlich, so habe ich mir zumindest eingeredet, auf innere Werte zu setzen, mich an kalte Umgebungen zu gewöhnen, meiner Vorhersehung gemäß die Tiefe zu suchen und frohen Herzens hinabzutauchen. Immer tiefer hinab. Bis zum Grund. Während ich als Tiefseetaucher in eigener Sache in der Dunkelheit des Meeresgrundes unterwegs war, beneidete ich immer wieder die Sonnenkinder an der Oberfläche. Ich trieb in den Untiefen der Seen und Meere mein Unwesen und blickte doch immer wieder nach oben. Ach, wäre das schön gewesen, mit den anderen dort oben zu spielen. Die Strahlen der Sonne und das ausgelassene Jauchzen der Kinder luden mich immer wieder ein, ich lehnte natürlich ab. Schließlich war meine Suche die große Herausforderung, das Abenteuer, meine Mission. So verblieb ich, mich selbst beschneidend, am Meeresboden, den ich nie als meinen Ankergrund aus den Augen verlieren wollte. Na, wie hätte ich auch zurückfinden sollen. Sollten sich die Kinder dort oben doch in ihrer Oberflächlichkeit sonnen und aalen. Der Wassermann war der wahre Abenteurer dort, wo es undurchsichtig, einsam und kalt ist. Die spärliche Zahl derer, die mittauchten, war ebenso wie ich mit sich selbst und ihren Sinn- und Sinktauchaktionen ungewissen Ausgangs beschäftigt. Meinem Verlangen, mich einfach nach oben treiben zu lassen und mitzuspielen, begegnete ich mit Verachtung für die Oberflächlichkeit meiner Mitmenschenkinder, ohne zu wissen, was ich tatsächlich wollte. Ich hatte absolut keine Ahnung und wohl einfach auch nur Schiss.

Der kleine Wassermann brauchte Liebe als tägliche Nahrung für sein seelisches Wachstum. So tat ich alles Mögliche, um geliebt zu werden. Oft knüpfen Erwachsenen ihre Liebe an Bedingungen und antworten bei vermeintlichem Versagen des Kindes mit Liebesentzug. Wenn sie lächelten, hatte ich alles richtig gemacht und wiederholte es – Sie wissen schon, ich war hungrig nach Liebe – blickten sie zornig drein, hatte ich wohl etwas falsch gemacht. Leider passierte mir diese Sache mit der Herdplatte zu oft. Wenn es in der Familie rauchte, das Kriegsbeil ausgegraben wurde und jemand am Marterpfahl stand, packte ich meinen kleinen Plastikwerkzeugkoffer und versuchte, mit Faxen und Lächeln zu reparieren. Wenn es allen gut ging, dann würde es ja auch mir gut gehen und die Liebe fließen. Das war ganz schön viel für mein kleines Herz. Meine Werkzeuge waren nicht genormt, passten überhaupt nicht und brachen zu allem Überfluss auch noch ständig ab. Ich hatte ja auch gar keine Ausbildung und vor allem, wie gesagt, keine Ahnung.
Der kleine Wassermann zog derweil immer wieder seine Bahnen auf dem Meeresgrund und war weiterhin ganz schön neidisch. Egal, sollten die da oben doch vergnügt spielen. Ich hatte Wichtigeres zu tun.

Das Innenstadtkind

Das Fundament unseres Lebens bilden unsere Familien, die leibliche und die spirituelle, zu der die Wesen unseres Herzens zählen. Mit Spiritualität war es bei mir noch nicht allzu weit.
Irgendwer muss mich irgendwie in mein neues Zuhause gebracht haben. Ich nehme an, dass der Umzug mit dem Auto meiner Eltern erfolgte. Im Ernst, haben Sie das mal Ihre Eltern gefragt? Hätte ich denken können, wäre ich über ein fahrbares Zimmer mit Rundumverglasung und Brummen erstaunt gewesen, aber so war ich vermutlich einfach nur erschrocken. Ich glaube, meine Eltern hatten einen Ford Taunus 17 M, eine sogenannte Badewanne. Wir bewegten uns. Was waren das für ineinanderfließende Farben und Silhouetten? Alles unbekannt, alles groß und fremd. Wer waren diese Wesen? Wir saßen in der Badewanne und fuhren durch meine Heimatstadt. Seltsame Welt. Eindrücke müssen mich überschwemmt haben.
Unser Haus lag mitten in einer Kleinstadt im Oberweserbergland an einer leicht abschüssigen Haupteinkaufsstraße. Haus und Kopfsteinpflasterstraße wurden nur durch einen sehr schmalen Bürgersteig getrennt, auf dem wir Kinder weder Gummitwist noch Hüpfkästchen spielen konnten. Später wird aus der Straße eine autofreie Fußgängerzone. Unser Haus war zweistöckig mit Keller und nicht ausgebautem Spitzdach und von anderen Häusern eingebettet am Hang. Im Erdgeschoss befand sich ein Brillen- und Uhrmacher, das Optikergeschäft gibt es noch heute. Die Uhren wurden später gegen Hörgeräte, Kontaktlinsen und vergrößernde Sehhilfen ausgetauscht. Mein Vater, müssen Sie wissen, war damals zunächst bei der Polizei und bildete Männer auf Motorrädern aus. Aber aus Liebe zu meiner Mutter schulte er um und übernahm das Brillen- und Uhrmachergeschäft, nachdem

mein Großvater mütterlicherseits gestoben war. Mein Vater arbeitete damals im Geschäft und büffelte für seine Umschulung zum Augenoptikermeister, bis ihm buchstäblich die Haare ausfielen.

Auch meine Mutter, Großmutter und teilweise meine Urgroßmutter arbeiteten in dem Laden, zusammen mit einem Angestellten, einen Uhrmachermeister. Es war also ein richtiger kleinstädtischer Familienbetrieb.

Im ersten Stock unseres Hauses wohnten meine Urgroßmutter und Großmutter, wir im zweiten. Dem Alter nach geordnet warteten eine Urgroßmutter, Großmutter, Vater, Mutter und Schwester auf den Neuankömmling, auf mich. Das Haus gehörte zu einem Teil meiner Familie, der Rest der Bank. Ich zog in das winzige Zimmer meiner Schwester, in das eigentlich nur unser Kinderetagenbett passte.

Ist es Selbstschutz, menschliche Veranlagung? Was ist es, das uns Teile unserer Kindheit vergessen lässt? Oder begraben wir unsere Erinnerung? Ich habe im Laufe meines Lebens immer wieder gehört, die Kindheitserinnerungen kämen mit zunehmendem Alter zurück. Zum Teil warte ich immer noch. War das alles so schlimm, dass ich vergessen musste oder mich nicht erinnern will? Irgendetwas passiert Ihnen, das Sie emotional belastet, vielleicht schockiert, schlimmstenfalls traumatisiert. Ein Autounfall, eine hochnotpeinliche Situation oder Begegnungen mit dem Tod. Schleunigst packen Sie dieses Erlebnis in eine kleine Truhe Ihres Gedächtnisses, verschließen sie ganz sorgfältig, verstauen Truhe und Schlüssel getrennt voneinander in den dunklen Irrgängen und Tunneln Ihres Unterbewusstseins und hoffen, dass das Behältnis nie wieder geöffnet wird. Und in Ihrem Unterbewusstsein laufen tagein, tagaus Boten mit Schlüsseln und kleinen Laternen umher, die nichts Besseres zu tun haben, als überall herumzukramen, zu schnüffeln und jeden gefundenen Schlüssel in jedes erdenkliche

Schloss zu stecken. Klick! Zufallstreffer? Ihre Büchse der Pandora wurde geöffnet. Wehe Ihnen!
Fragmente meiner Kindheit sind geblieben und verankerten sich unauslöschlich in meinen Erinnerungen. Und ich kann Ihnen verraten, dass ich das Klicken der Schlüssel öfter hörte.
Wenn ich mir heute die schwarz-weißen Fotos von damals ansehe, graut es mich. Geht es Ihnen bei eigenen Fotos auch so? Eine furchtbare Frisur rahmt mein pausbackiges Gesicht ein, das von nichts eine Ahnung hat. Das kann auf keinen Fall ich sein. Ergänzt wird dieser Horror durch Furcht einflößenden Klamotten, die Sie heute nicht einmal in einem Retroladen für Kinderbekleidung in Berlin-Mitte loswerden. Nächstes Bild: Meine Großmutter, die mich in ihr Küchenwaschbecken hebt, um mich zu baden. Meine ersten Hallenbad-Erlebnisse. Das finde ich großartig, dass sich ausgerechnet dieses Bild in meinen Erinnerungen eingebrannt hat. Zu den absoluten Höhenpunkten meines frühen brabbelnden Daseins gehörte das sonntägliche Waffelbacken. Die Waffeln hießen bei uns Herzchen, wahrscheinlich wegen der Backeisenform. Meine Großmutter warf alles Mögliche in den Rührtopf hinein, entscheidend war das Ergebnis. Teig naschen war erlaubt und wurde von gütigem Lächeln begleitet. Meist habe ich hinterher keine einzige Waffel mehr geschafft. Als ich etwas älter war, machte mich ihre Rinderkraftbrühe zum Suppenkasper fürs Leben. Stundenlang kochte die Brühe geheimnisvoll im riesigen Topf vor sich her, musste gesiebt werden und mit irgendwelchem Grünzeug weiterkochen. Wenn ich an die Suppe denke, schmecke ich sie heute noch.
Später zog ich aus dem winzigen Zimmer aus, das ich mir mit meiner Schwester geteilt hatte. Wir bekamen beide ein eigenes, ich sogar ein riesiges Zimmer. Die Wahrnehmung der Größenmaßstäbe ändert sich im Laufe der Jahre. Erinnern Sie sich, wie groß Sie Ihr Kinderzimmer empfunden haben? Sehen Sie es sich heute an.

Wenn ich nachzuempfinden versuche, wie sehr sich meine Sicht auf die Dinge gewandelt haben muss, mache ich mich zu einem Kanarienvogel, der vollgefressen, dösend und zufrieden in seinem Käfig auf einer der Stangen sitzt. Riesen betreten das Kinderzimmer mit lautem Getöse, sodass es in meinen Ohren klingelt. Diese Riesen kommen bis an die Gitterstangen meines Käfigs heran und starren mich mit ihren Augen in der Größe des Mondes an, während meine winzigen knopfgroßen Vogelaugen erschrocken dreinschauen.

Mein Bett stand direkt unter einer Dachschräge. Beklemmend. Das Dach schien so nah, ich fühlte mich eingesperrt. Die grüne Tapete mit Ziegelmuster verdüsterte meine Stimmung und zeichnete mir das Bild einer Mauer, die direkt über meinem Körper einstürzen konnte. Sie lud mich zu den wildesten Fantasien ein. Insbesondere nach Auseinandersetzungen in meiner Familie, ich hatte mal wieder auf die Herdplatte gefasst oder am Marterpfahl gestanden, kam mir das Tapetenziegelmuster wie die Mauern eines Gefängnisses vor, in das ich natürlich unschuldig, zu Unrecht, ohne Verteidigung und ordentliches Gerichtsverfahren gesperrt worden war, Stubenarrest.

Irgendwann hatte ich die kindsüblichen Poster, hauptsächlich Autos und Tiere, an die Mauer geklebt und wieder abgerissen, sodass die Ziegel auf der Tapete nunmehr sogar zu bröckeln schienen und ihre weißen Steine zeigten. Auch die unregelmäßigen weißen Flecken luden meine Fantasie zu neuen Reisen ein. Die Mauer verschwamm, und die weißen Fixpunkte wurden zu den Umrissen von Riesen und Monstern, die sich in der Dämmerung mit furchtbaren Waffen bekämpften und niedermetzelten. Kaltblüter scharrten unruhig im aufgewühlten Matsch und ließen Erdklumpen beim Auftreten ihrer gewaltigen Hufe in alle Richtungen spritzen. Schlachtrösser schnaubten und wieherten. Fahnen wehten im Wind. Es roch modrig, wie bei den sonntäglichen

Spaziergängen mit meinen Eltern im regennassen Wald. Helme wurden geschlossen, durch deren Visiere der Atem der Recken und Monster in die kalte Luft trat. Hier scheute ein Pferd, dort fiel ein Reiter von Pfeilen durchbohrt ins Niemandsland der Besiegten. Schwerter wurden geschwungen und in Leiber versenkt, Lanzen erhoben und durch Körper getrieben. Manche der dunklen Gestalten und Fabelwesen waren in meiner Fantasie von solch übler Gesinnung, dass sie trotz ihres Todes vom Schlachtfeld auferstanden, um sich erneut in den immerwährenden Krieg zu stürzen. Wut, Todesmut und Verzweiflung herrschten. Oft sah ich in den Konturen und Schemen meines Kinderzimmers Furcht einflößende Dinge. So wurden meine unachtsam über den Stuhl geworfenen Klamotten in den Klauen und Fängen der Nacht zu einem bösen Mann, der gebeugt auf meinem Stuhl sitzend nichts Besseres zu tun hatte, als mich die Nacht hindurch zu beobachten. So manche Reise meiner Vorstellungskraft endete damit, dass ich schlotternd in das elterliche Bett zwischen Vater und Mutter kroch. Mein Vater versuchte, mich dadurch zu beruhigen, dass er bei eingeschaltetem Licht mein Zimmer absuchte. Doch das Besänftigen gelang selten, und meist lag ich bald wieder im Bett meiner Eltern. Die Schrecken der Nacht holten mich immer ein, ich war wehrlos. So blieb alles, wie es war. Das Bett, die Mauer und meine Furcht.
Das neue, eher für Riesen und nicht für einen Zwerg wie mich gemachte Zimmer hatte ich nicht ohne Grund erhalten. Meine Urgroßmutter war gestorben. So hielt der Tod zum ersten Mal Einzug in mein Leben und brachte mir nüchterne Konsequenzen im Alltagsleben nahe. Ich hatte nun ein eigenes Zimmer. Im Tod meiner Großmutter sah ich keinen Sinn. Die üblichen Sätze wie »Sie hat es überstanden«, »Sie hatte ein erfülltes Leben«, »Sie ist doch sehr alt geworden« oder »Sie hat einen schönen Tod gehabt. Den wünsche ich mir auch«, waren in meinen Oh-

ren kompletter Unsinn. Warum konnte meine Urgroßmutter nicht einfach bei uns bleiben? Großmutter, Mutter und Vater arbeiteten im Geschäft, meine Schwester, dreieinhalb Jahre älter, konnte ich für meine kindlichen Spiel- und Kleinkindwünsche nur gelegentlich begeistern. Vermutlich war sie häufig genervt. Was sollte ich also mit meinem Tag anfangen? Meine Großväter waren Jahre vor meiner Geburt oder in meinen ersten Lebensmonaten gestorben. Ich hatte sie nicht kennenlernen dürfen. So war meine Familie frauenlastig. 4:2 in der Fußballersprache. Noch heute trage ich die Sehnsucht nach einem Großvater in mir, der im dunklen Nadelstreifenanzug mit Weste und Taschenuhr im grünen Salonsessel sitzt, umrahmt von schweren, dunkelbraunen Antiquitäten, genüsslich eine Zigarre rauchend. Der auf ein langes Leben zurückblickt, in sich ruht und dem Kind auf seinem Schoß die Welt erklärt. »Also Junge, das ist so …« Mit wem sollte ich herumbrabbeln, an wen konnte ich all meine Fragen richten?
Das wahre Problem bestand darin, dass das Innenstandkind keinen Freund hatte. Auf die Straße konnte ich nicht. Es war schlicht zu gefährlich. Die Autos fuhren direkt am Geschäft vorbei. Durch das Geschäftsfenster sah ich sie vorbeirauschen. Ihre Frontpartien mit Scheinwerfern Kühlergrill und Stoßstange sahen wie Gesichter aus. Die Fußgängerzone gab es noch nicht. Das Haus besaß keinen Garten, nur einen kleinen betonierten, ummauerten Hinterhof, vor dem ich mich gruselte. So versank ich in meiner Welt und begegnete der Einsamkeit. Ich war allein mit mir, meinen Spielsachen, Flausen, Träumereien und Fragen in dem Zimmer für Riesen und unternahm die ersten Tauchgänge als kleiner Wassermann auf dem Meeresgrund.
Im Laufe der Jahre setzte sich eine Träumerei in mir fest. Ich würde eines Tages ein Kind aus dem Wasser ziehen. Ich habe keine Ahnung, woher das kam. Vielleicht war das der Wunsch eines Kindes nach Heldentum. Aber

damals waren für mich Lokomotivführer und Busfahrer Helden. Ein solcher Held sollte ich nicht werden. Vielleicht stand dahinter auch meine Sehnsucht nach Aufmerksamkeit.

Die Kinderjahre erscheinen mir als unendlich ausgedehnte Wüste. Ich war ein Durstender auf der Suche nach Wasser. Lange saß ich im heißen Sand und spürte meine Sehnsucht. Tatsächlich hockte ich in meinem Zimmer und langweilte mich. Die Abenteuer draußen in der Welt hatten sich mir noch nicht gezeigt, ich hatte sie nicht gesucht. Mein Gefährte hieß Einsamkeit. Ich sehnte mich nach einem Freund, um mit ihm an der sonnendurchfluteten Wasseroberfläche juchzend spielen zu können.

Angst hielt Einzug in mein Leben. Einer meiner Klassenkameraden, hatte eine Gitarre in die Schule mitgebracht. Er hatte den Ruf eines üblen Pausenhofschlägers. Ich war zaghaft mit ihm befreundet, das hieß, dass ich in der Pause mit ihm und anderen Fußball spielen durfte. Darauf war ich mächtig stolz. Natürlich wollte auch der kleine Wassermann einmal an der Gitarre zupfen und tat es unbedacht und ungeschickt. Oh je, eine Saite war gerissen. Es war mir sehr peinlich. Am liebsten hätte ich mich in Luft aufgelöst. Ich hauchte eine zaghafte Entschuldigung. Brisant war, dass das Instrument dem noch viel berüchtigteren, älteren Bruder des Klassenkameraden gehörte. Beide Brüder setzten mir zu, ich solle die gerissene Saite ersetzen oder es gebe Prügel. Ich war bereits verurteilt. Ich ließ mir von den Brüdern ordentlich Angst und Bange machen. Zu Hause erzählte ich natürlich nichts. Erst als ich schon fix und fertig war, und der Leidensdruck meinen Seelenluftballon nach Einschüchterungen und Schubsereien hatte platzen lassen, beichtete ich daheim mein Verbrechen. Mein hart arbeitender Vater, für den es auch keinen Sonntag gab, kam am nächsten Tag meinetwegen in der großen Pause auf den Schulhof und knöpfte sich den Schläger vor. So werden Helden für Kinder geboren.

Meine Grundschule befand sich in einem alten, vierstöckigen Gebäude aus roten Steinen. Auf dem abschüssigen, geteerten Gelände lagen weiter unten zwei weitere Gebäude, die Hauptschule und die in die Jahre gekommene Sporthalle. Alles in allem war es eine normale Schule in einer Kleinstadt. Die Böden waren aus Stein, Tische und Stühle aus hartem Holz, wie auch die meisten Lehrer.

Natürlich hatte mein Vater den älteren Bruder nicht verdroschen, ihm aber klar gemacht, dass er mich ein für alle Mal in Ruhe lassen solle, und ihm Geld für die gerissene Saite gegeben. Es funktionierte. Mein Vater hatte mich gerettet.

Ich dümpelte weiter in Einsamkeit vor mich hin, bis das Innenstadtkind ohne Freunde und Freude an den Stadtrand zog. Meine Eltern mieteten eine Villa mit außerordentlich großem Grundstück – passend für eine Horde Riesen. Diese Villa gehörte zu dem Bauerngut eines Landadligen, auf das er von seiner prunkvollen Residenz auf dem Hügel herabblicken konnte. Er erschien mir von diesem Zeitpunkt an als ein sehr, sehr bedeutender Mann.

Das Landkind

Die Gartentür einer Zauberwelt öffnete sich mir. War ich in Oz angekommen? Die Villa am Stadtrand erschien in meinen Augen majestätisch und konnte nur aus einem Märchen entsprungen sein. Nur das Anwesen des Landadligen auf seinem Hügel mit eigener Auffahrt, Blumenkübeln, Säulen an der Eingangstür und englischem Rasen stellte sie in den Schatten. Meine Welt hatte bis dahin aus meinem Zimmer und dem Schulgebäude bestanden. Mein neues Zuhause erhob sich stolz wie ein weißer Engel inmitten eines Grundstücks, auf dem Kolosse aus Sagen Fußball spielen können. Auf einer Seite lagen eine großzügige Terrasse und direkt darüber ein ebenso großer Balkon. Mehr Platz hatten wir Schüler auf dem Schulhof auch nicht, wenn wir Ärger mit anderen Klassen vermeiden wollten. Allein das Wort Villa übte eine faszinierende Wirkung auf mich aus. Es erschien mir wichtig. Ich hatte das Wort erstmals von meinem Vater gehört und keinen blassen Schimmer, dass damit ein repräsentatives Einfamilienhaus mit Gartenfläche auf dem Land usw. gemeint ist. Es wäre mir auch schnuppe gewesen. Auf dem Grundstück standen junge und alte Bäume sowie zahllose verschiedene Pflanzen, die meine Fantasien beflügelten und mich zu Tagträumereien einluden. Vor der Terrasse lag ein umgestürzter Baum, der sich wie eine Schlange in zwei langen Baumgabeln über den Boden ausbreitete. Etwas Geheimnisvolles ging von dem Baum aus. Wie hatte er den Sturz überlebt, warum war er so schlangenartig gewachsen? Seine Form lud mich stets zu neuen abenteuerlichen Gedanken und Klettereien ein. Seine Rinde war rau, hier und da aufgeplatzt. War es das Alter, war der Baum verwundet? Hinter der Terrasse, hinter dem Grundstück lag etwas tiefer ein geteerter, kaum befahrener Weg, der nach einer kurzen Strecke in Kiesel überging. Meist sah man nur den Landadligen in seinem großen Auto oder mit einem Trecker auf dem Weg zu den nahe gelegenen Feldern und Wiesen vorbeifahren, kleine Kieselsteine spritzten unter den Reifen hervor. Am Horizont begann der kühle, geheimnisvolle Wald. Aus der Ferne sah er wie eine schwarze Wand aus. An der rechten Hausseite von der Terrasse aus gesehen erstreckte sich ein kleiner Hügel, der kleine Wassermänner im Winter zu Schussabfahrten mit dem Schlitten einlud. Unglaublicherweise befanden sich ein Hühnerstall und eine Schar von Zwerghühnern auf der anderen Hausseite. Die Eier gab es regelmäßig vom Landadligen gegen ein paar Pfennige am Sonntag zum Frühstück. Man musste die Auffahrt hoch und neben dem Säuleneingang des Landsitzes bei einem Bediensteten am Fenster klopfen, wo das Geschäft abgewickelt wurde. Die Eier waren viel kleiner als üblich und schmeckten großartig. Zu den weiteren Wundern zählte auch ein kleines Wäldchen, nicht mehr als ein paar Bäume und Sträucher, neben dem Hühnerstall, der meine Fantasie fesselte. Dieses Gebüsch musste Geheimnisse und verborgene Schätze enthalten, und ich musste es gründlich erkunden. Verzeihen Sie, wenn ich bei dem Gedanken an Erkundigungen zeitlich etwas springe. Ich darf nicht zu viel verraten, das hatten wir alle versprechen müssen, doch später erkundete ich in diesem Wäldchen zum ersten Mal ganz anderes – Doktorspiele nannte man es damals. Das gesamte Grundstück war für mich ein großes, in Geschenkpapier eingewickeltes Abenteuer. Viele Jahre später entzauberte sich leider vieles durch schlichtes Älterwerden. Kommt Ihnen das bekannt vor? Aus den Abenteuern wurde Normalität.

Das wirkliche Wunder dieser Zeit bestand jedoch darin, dass mir etwas bis dahin nie da Gewesenes begegnete. Freundschaft. In meiner Grundschule war ein Junge in der dritten Klasse sitzen geblieben. Max kam in meine Klasse, saß neben mir und wohnte nicht weit von meinem neuen Heim entfernt. Durch ihn sollte sich das Leben des kleinen Wassermanns ab sofort dramatisch verändern. Ich fand meinen ersten Freund und meine Tiefseetauchereien gingen erst einmal zu Ende. Max war größer, breiter und muskulöser als ich. Er kannte sich in der Welt besser aus, und er war in meinen Augen einfach cool. Alles, was er sagte und machte, hatte Klasse. Selbst als er Silvesterknaller aufschlitzte, einen Pulverhaufen baute, ihn in einem Knall verrauchen ließ und sich dabei fürchterlich die Hand verbrannte, konnte ich daran nichts Falsches entdecken. Seine Mutter behandelte die Hand mit Mehl und Salbe, schimpfte ein wenig und machte uns unser Lieblingsgericht, Eiernudeln. Mit Spiralnudeln schmeckten sie am besten! Max wohnte im ersten Stock eines zweigeschossigen Mehrfamilienhauses. Sein älterer Bruder ging sogar aufs Gymnasium und war genauso cool. Max kannte sich in der Umgebung aus, hatte Flausen im Kopf und wusste, wie man sie ausleben und vor allem überleben konnte. Von ihm habe ich den Trick mit dem Zuspätkommen gelernt. Ich stellte meine Armbanduhr auf die verabredete Uhrzeit, zu der ich zu Hause sein musste, zeigte sie meiner Mutter und war angesichts des Vorwurfes, ich wäre deutlich zu spät, völlig entrüstet. Leider funktionierte der Trick nur zweimal.

Die Schule war nun für den kleinen Wassermann zur Nebensache geworden. Gerade sollten wir dort richtig lesen lernen. Hausaufgaben, insbesondere Leseaufgaben, kamen für mich nicht infrage, warteten doch da draußen unzählige Abenteuer auf mich. So kam, was kommen musste. Ich verhagelte alle Diktate, musste eine Prüfung ablegen, nach der mir Legasthenie attestiert wurde. Auf der einen Seite war das ein Geschenk. Meine Diktate wurden nicht mehr benotet. Auf der anderen Seite zwickte mich dieser Stempel schon und kostete wertvolle Abenteuerzeit. Denn nun musst ich einmal in der Woche zu einer netten Dame, die mir helfen sollte, zu erkennen, wie sich das Mosaik der Buchstaben gestaltet. Ich bekam also Nachhilfe in Deutsch.

Max und ich wurden unzertrennlich und verbrachten so viel Zeit miteinander, wie es die Eltern erlaubten. Am Stadtrand liegt der Kummerberg. An diesem Hügel war einmal ein deutsches Kampfflugzeug abgestürzt. Der Legende nach hätte sich der Pilot retten können. Dafür wäre aber die Maschine auf unsere kleine Stadt geplumpst. Um das zu verhindern, habe der Pilot das Kampfflugzeug noch einmal hochgezogen und sei am Hügel zerschellt, um den Heldentod zu finden. Seit dem hieß der Hügel Kummerberg. Soweit die Legende. Tatsächlich kommt Kummer hier von Schutt und meint lediglich gelagerte Steinhaufen. Das wussten wir nicht, und wir hätten es auch nicht hören wollen. Den Gedenkstein für den Todespiloten neben den Ausläufern des Hügels bestaunten wir oft, nachdem wir die Absturzstelle immer wieder nach Flugzeugteilen abgesucht hatten. Einmal dachten wir, dass oben an einem Baum noch Teile des Pilotenhirns klebten. Es war zu weit oben, wir kamen nicht heran. Im Kummerberg lag noch eine Höhle, in die wir uns nicht trauten, weil dort Fledermäuse leben sollten. Manchmal bekamen wir die Tiere tatsächlich zu sehen. Sie waren so unglaublich schnell, dass ich gar nicht richtig wusste, wie sie aussahen. Max und ich waren begeisterte Fahrradfahrer, und wir rasten abschüssige Waldwege hinunter. Heute ist das eine sportliche Disziplin und wird »Downhill« genannt. Eines dieser Abenteuer bezahlte ich mit meinem Fahrrad, als ich gegen einen Baum knallte. Bis auf einen Schock und kleinere Schürfwunden kam ich selbst ungeschoren davon. Durch unsere Erkundungstouren war der Wald für mich bald keine schwarze, geheimnisvolle Wand mehr. Wir errichteten Staudämme in Bächen, ließen kleine Boote, die meist sofort untergingen, vom Stapel. Wir spielten Ritter und verdroschen uns mit Holzstöcken. Auf gemähten Feldern rissen wir die Stoppeln mitsamt Erde heraus und bewar-

fen uns. Können Sie sich vorstellen, wie ich oft aussah, als ich nach Hause kam? Meine Mutter kann es. Das Grundstück der Villa eignete sich bestens für Cowboy- und Indianerspiele. Ich wollte immer ein Indianer sein. Die Sympathien meines Vaters hatten in Fernsehwestern immer den Rothäuten gehört, nie den Weißen, selbst wenn diese als die Guten dargestellt worden waren.
Wir bauten auf den Baustellen der Umgebung Sandburgen, und unsere Matchboxautostraßen fraßen sich ihren Weg über und durch sie hindurch. Mittlerweile hatte sich ein weiterer Freund zu uns gesellt: Tim. Seine Eltern hatten schräg gegenüber von unserem Haus gebaut. Mein bester Freund aber blieb Max. Besonders vernarrt waren wir in ein Spiel, das wir »A-Zerlatschen« nannten. Wir legten aus drei Ästen ein A auf den Boden. Der Jäger bewacht das A und sucht gleichzeitig die Beute. Wird diese gesichtet, gilt sie als gefangen und muss beim A bleiben. Das Rudel kann durch unentdecktes Zertreten des A die Gefangenen befreien. Tierquälerspiele stießen mich ab. Weder mochte ich Insekten Körperteile ausreißen noch Kröten mit Strohhalmen aufblasen. »Los steck den Strohhalm hinten rein und blas kräftig. Wie beim Luftballon!« Ich konnte nicht. Die Kröten eines nahe gelegenen Tümpels sind bei Max und Tim nie gut weggekommen.
Ich erinnere mich noch, wie ich ein Bonanzafahrrad geschenkt bekam. Freut sich ein Erwachsener so über ein neues Auto? Es stand in den ersten Nächten neben meinem Bett. Ungläubig betrachtete ich es und konnte nicht schlafen. Dieses Wunder der Technik für einen kleinen Wassermann trug mich durch die Wege, Straßen und Wälder der Umgebung neuen Abenteuern entgegen.
Nach der Begegnung mit der Einsamkeit zog eine weitere schreckliche Erscheinung in mein Leben ein. Es war der Aberglaube. Ich glaube, das Elend begann mit einem Auftrag meiner Eltern. Ich sollte eine Uhr oder Brille in einen Zeitschriftenladen abgeben. Mein Vater legte viel

Wert auf Kundenservice. Als ich die Straße lustlos hinaufschlenderte, hatte ich eine Eingebung. Die Ladenbesitzerin würde mir ein Comic schenken, das ich mir aussuchen durfte. Und so kam es. Erleuchtet und überglücklich lief ich zurück. Ich konnte in die Zukunft sehen!

Nun hatte ich also das zweite Gesicht, diesen Begriff kannte ich damals natürlich noch nicht, und versuchte von diesem Tag an, die Zukunft vorherzusehen. Ich versuchte alles Mögliche, Inhalte von Klassenarbeiten, Noten, Reaktionen meiner Eltern und das Wetter vorherzusehen. Der äußerst mäßige Erfolg ließ meinen Glauben an die besondere Fähigkeit wie eine Seifenblase zerplatzen. Das kleine Herz des Wassermanns schmerzte.

Doch mit dem Aberglauben war es nicht vorbei, nachdem sich meine hellseherischen Fähigkeiten in Luft aufgelöst hatten. Eine zweite, weit größere und gefährlichere Welle brach über mich herein. Wie so oft fuhr ich mit dem Fahrrad zur Sporthalle. Meine Eltern hatten beschlossen, ich müsse einem Sportverein beitreten. Ich hatte mich für Fußball entschieden. Auf dem Weg fuhr ich über einen von zwei nebeneinanderliegenden Kanalisationsdeckeln. Etwas in mir sagte, dass der gewählte Weg mir Unglück bringen würde. Ich fuhr zurück und zwischen den Deckeln hindurch. Das wurde unglücklicherweise zur Sucht und absolut zwanghaft. Hier war es nicht die richtige Straßenseite, auf der ich ging, dort durfte ich nur die dunklen Pflastersteine betreten. Der Schatten des Baums war tabu, ich durfte nicht auf den Gullydeckel treten. Wenn ich einen Fehler machte, brachte ich dies sofort mit mir drohendem Unheil in Verbindung. Das konnte ich nur abwenden, indem ich das, was ich getan hatte, noch einmal richtig machte. Zudem wurden mir mögliche Verfehlungen nicht immer von gleich bewusst. So fuhr und ging ich immer wieder zu irgendwelchen Stellen zurück und machte die Sache ein zweites Mal, nun richtig. Außenstehende müssen sich über diesen komischen Jungen gewundert haben. Ich litt körperlich. Irgendwann weitete ich diesen Aberglauben auf Zahlen aus. Alles mit eins, zwei oder drei wertete ich weiß und gut, vier, fünf und sechs waren schwarz und schlecht. Meine Lebensfreude litt dramatisch. Ständig musste ich Dinge ein zweites Mal tun und zerbrach mir den Kopf über mögliche Verfehlungen. Als ich schon ganz wirr im Kopf war und sprichwörtlich mit dem Rücken zur Wand stand, nahm ich meinen ganzen Mut zusammen und schwor mir, von heute auf morgen damit aufzuhören. Ich hatte natürlich mit niemandem darüber geredet. Die nächsten Tage bereiteten mir Höllenqualen. Eine Stimme in mir sagte immer wieder, dass ich nur noch Unglück zu spüren bekäme. Ich hatte die Hose voll. Nachdem das erste Unheil jedoch ausgeblieben war, obwohl ich auch die hellen Pflastersteine und den Schatten betreten hatte, schöpfte ich weiteren Mut und reckte meinen Kopf vorsichtig wie eine Schildkröte aus ihrem Panzer hervor. Noch heute gibt es Momente, die mich zurückreißen möchten. Was hatte mich nur geritten? Hatte ich Angst, Falsches zu tun, zu versagen? Wollte ich deswegen stets und ständig alles überdenken? Der kleine Wassermann hatte höllisch gelitten und natürlich nicht darüber geredet. Männer müssen schließlich mit allem selbst klarkommen.

Der Landadlige hielt sich auf seinem herrschaftlichen Anwesen ein Rudel Jagdhunde in Zwingern, ich glaube, es waren Terrier. Damals erschienen sie mir groß. Der älteste war mit einer Eisenkette an seine Hütte gekettet, die anderen schliefen oder tobten in den Zwingern und veranstalteten einen unglaublichen Radau. Die Hunde übten eine magische Anziehungskraft auf mich aus. Den Alten, Rollo, durfte ich ausführen. Liebend gern ging ich mit ihm zu dem Krötentümpel, in den er sich stets sofort hineinstürzte und umherschwamm. Die Kröten ließ auch er in Ruhe.

Mein Vater hatte seine Jagdleidenschaft entdeckt, und prompt besaßen wir auch einen Hund und ich einen Verbündeten. Es war natürlich ein Tier vom Landadligen, das wir auch Rollo nannten – der alte Rollo befand sich bereits im Hundehimmel. Nur ich durfte Rollo junior ungeschoren die Hand ins Maul stecken. Nachts schlief er oft unter meinem Kinderbett. Wir waren eine verschworene Gemeinschaft. Ich glaube, von ihm lernte ich, nach Verfehlungen noch unschuldiger dreinzublicken. Da er nicht aufhörte, zu beißen, mussten wir ihn zurückgeben. Ich weinte.
Mein Vater nahm einen zweiten Anlauf. Dieser Welpe, Arec, kam selbstverständlich auch aus der Zucht des Landadligen. Ich war beeindruckt, dass für Arec ein eigenes Haus neben dem Schlangenbaum gebaut wurde. Er musste es jedoch kaum bewohnen. Dafür hatten wir Jungs nun endlich ein Bandenhaus. In der Hundehütte rauchten wir unsere ersten Zigaretten. Camel ohne Filter aus dem Bestand meines Vaters. Der merkte nichts, glaube ich. Ich gab natürlich nicht zu, dass sie fürchterlich schmeckten, mir Übelkeit verursachten und häufig einen Toilettenbesuch nach sich zogen. Ich fühlte mich schließlich erwachsen. »Ein Indianer kennt keinen Schmerz!« Diesen Satz hatte ich oft meinen Vater sagen hören.
Arec blieb natürlich keine Nacht in seinem Zwinger. Das brachte mein Vater nicht fertig. Also schlief auch dieser Hund unter meinem Bett. Da wir beide irgendwie Welpen waren, schlossen wir einen Freundschaftspakt und heckten gemeinsam so manchen Blödsinn aus. Doch das Bündnis sollte nicht lange halten. Arec bekam von meinem Vater selbst geschossenes Wildfleisch zu fressen, das mit Tollwut infiziert war. Mein Freund musste zu unser beider Unglück für mehrere Monate in Quarantäne. Als er zurückkam, war er nicht mehr derselbe und konnte keinen Augenblick mehr allein sein. So hüpfte er beim Staubsaugen meiner Mutter immer wieder vor dem Gerät herum, dackelte allen stets voran, zog seinen Korb, an

den er manchmal zur Disziplinierung angekettet worden war, hinter sich her und bellte lange und laut, wenn niemand da war. Es war eine Probe für die Familie, die wir nicht bestanden. Besonders meine Mutter war mit den Nerven am Ende. Der Hund wahrscheinlich auch. Er musste gehen. Ich weinte.

Nur hundert Meter von unserem für Riesen gemachten Grundstück lag der Bauernhof des Landadligen. Stallungen, Speicher, Scheunen und Schuppen, überwiegend im Fachwerkstil, lagen in einem kleinen Tal eingebettet zwischen dem Eberbach und einem Hügel, der zur historischen Stadtmauer unserer Kleinstadt führte. Zaghaft trieben meine Freunde und ich uns in Nähe des Hofs herum, bis dem Hilfsarbeiter, einer Seele von Mensch, nichts anderes übrig blieb, als uns anzusprechen. Er erlaubte uns, in die Geheimnisse des Bauernhofs einzutauchen. Ich jedenfalls zählte den Mann, der nie oder zumindest nicht lange eine ordentliche Schule besucht hatte, bald zu meinen Freunden. Wir alle waren Nutznießer dieser Freundschaft. Wir Kinder erlebten ein Abenteuer nach dem anderen, er hatte Hilfskräfte, die umsonst arbeiteten, und Gesellschaft. Den Landadligen habe ich nie arbeiten sehen. Nach getanem Tagewerk rauchten wir die Camel ohne, jetzt nicht mehr in der Hundehütte, sondern im Heuschuppen. Wir hätten den ganzen Bauerhof abfackeln können.

Wir fütterten Schweine, Kühe, Karnickel, Hühner und anderes Getier, misteten Ställe aus, brachten Heu ein, brannten die Felder danach nieder, warum weiß ich bis heute nicht. Das Flammeninferno zeugte weit über die Stadtgrenzen hinaus von unseren Heldentaten. Mit stolzer Brust kam ich völlig verrußt und verraucht nach Hause. Meine Mutter war natürlich begeistert. Der Hilfsarbeiter schloss mich in sein Herz, sodass wir auch viel Zeit zu zweit verbrachten. Eines Tages fuhren wir gemeinsam mit einem Trecker zum Pflügen aufs Feld hinaus. Mittendrin hielt er auf dem weiten Feld an, der Tre-

cker tuckerte vor sich hin, und gab mir einen Wink, mich auf seinen Schoß zu setzen. Unglaublich, der kleine Wassermann durfte den Trecker, neben dessen Rädern ich eine Ameise war, lenken, während das Feld gepflügt wurde. So viel Verantwortung hatte ich in meinem ganzen Leben noch nicht gespürt. Erst während des Sonnenuntergangs tuckerten wir mit dem Trecker zurück zum Bauernhof. Meine Eltern haben mich in dieser Zeit nur wenig gesehen. Ich war glücklich.
Mein Glück wurde nur zeitweilig getrübt. Ich wollte unbedingt die Carrera-Rennbahn aus der Schaufensterauslage des einzigen Spielzeugladens in unserer Kleinstadt haben und kaufte sie. Allerdings bezahlte ich mit dem Geld aus dem Portemonnaie meines Vaters.
»Was hast Du da?« Meine Mutter stand im Flur der Villa und sah mit weit aufgerissenen Augen auf das große Paket, das ich mit beiden Armen umklammerte.
»Eine Rennbahn!«
»Hast Du die etwa geklaut?«
»Nee, bezahlt!«
»Wovon denn?«
»Mit Papas Geld.«
»Sohn, wir müssen reden!«
Mein Vater war weniger erstaunt, als er bestens informiert am Abend nach Hause kam. Meine Mutter hatte bereits telefonisch berichtet. Es brach ein Gewitter los, das sich zum Glück bald wieder verzog.
Warum konnte das Glück nicht anhalten und der kleine Wassermann weiter an der Oberfläche herumtollen? Das hatte sich doch richtig gut angefühlt. Max und Tim spielten mit mir auf einem großen Sandhaufen einer Baustelle in der Nachbarschaft. Mit großer Leidenschaft hatten wir Straßen, Brücken und rechteckige Gebäude errichtet. Garniert wurde das Ganze mit Zweigen und Gestrüpp. Irgendwann verlor ich das Interesse und setzte mich auf einen Stromverteilerkasten in der Nähe des Sandhügels. Der Tag neigte sich seinem Ende zu. Bald musste ich

nach Hause, mich umziehen, etwas essen, Hausaufgaben kontrollieren, schlafen gehen. Die Sonne verlor schon an Kraft und ging in einem Schleier von Blau, Rot, Orange langsam unter. Irgendwie sank, versank ich. Meine Freunde, wahrscheinlich mit einstürzenden Tunneln und Streitigkeiten über die Besitzverhältnisse einiger Matchboxautos beschäftigt, gab es für mich nur noch am Rande.
»Ey, was'n los, was hockst Du da oben, kein Bock mehr auf Spielen?« Max sah mich dabei eindringlich an.
»Weiß nich. Irgendwie ist mir komisch.«
»Was meinst'n?« Max wendete sich dabei schon wieder dem Sandhaufen zu.
»Keine Ahnung«, flüsterte ich.
Mir kamen ganz fremde Fragen in den Sinn. Woher komme ich eigentlich, wer bin ich, was will ich mal tun? Dieser späte Nachmittag machte mir in der nächsten Zeit schwer zu schaffen. Die Fragen ließen mich nicht mehr los. Ich hatte keine Antworten, sodass meine Gedanken immer wieder um sie herumschwirrten wie Motten um das Licht, bis sie sich verbrennen. Und dann kam schon das Nächste.
»Los, Alter, schmeiß endlich!«
»Hmh ...«
»Du Pfeife, nun mach schon!«
»Weiß nich.«
»Ja, nu mach schon, wir wollen heut noch fertig werd'n.«
»Max, ich kann nich.«
»Was ist denn mit der Memme los?«
»Bin keine Memme. Was is'n, wenn das eure Scheiben wär'n?«
»Was is'n das für'n Scheiß?«
»Los Tim, auf drei. Eins, zwei, drei!«
Max, Tim und ich standen in Wurfweite des Holzschuppens eines griesgrämigen Greises in der Nachbarschaft. Die eiergroßen Steine flogen durch die Luft und ihrem Ziel entgegen. Klirr! Max traf, Tim nicht, wir nahmen die

Beine in die Hand und rannten, so schnell wir konnten. Erhitzt erreichten wir die Heuscheune des Bauernhofs vom Landadligen und zündeten uns eine Camel ohne an.
»Du Memme, was'n los?«
Der kleine Wassermann hatte keine Antwort. Mein Rumdrucksen wurde noch mit ein paar Gemeinheiten kommentiert, dann war Ruhe. Einträchtig qualmten wir unsere Zigaretten. Max konnte sogar Ringe aus Rauch machen.
Was war nur los mit mir?
Meine Eltern gaben an einem Samstag eine Party für Freunde. Ich durfte nicht mitfeiern und schmollte in meinem Zimmer vor mich hin. An Schlaf war nicht zu denken. Die Musik und das Stimmengewirr waren viel zu laut dafür. Dann unterbrach ein markerschütternder Schrei einer Frau die Geräuschkulisse.
»Junge, was hast du dir dabei nur wieder gedacht?«
Meine Mutter stand sehr aufgebracht in meiner Zimmertür und schimpfte mich nach allen Regeln der Kunst aus. Aber was hatte ich denn getan? Ich war mir keiner Schuld bewusst. Ich sollte mit Absicht die Frauen erschreckt haben? Wie das?
Meine Mutter hatte mich am selben Tag beauftragt, dem Treiben der Mäuse im Garten einen Riegel vorzuschieben. Einige kleine kahle Stellen und aufgehäufte Erde verunstalteten unseren Rasen. Ich ließ mich von Max fachkundig beraten und unterstützen. Mit Spaten hoben wir das Erdreich auf und erschlugen die Wühlmausfamilie. Da lag sie nun vor uns. Was sollten wir tun? Immerhin – das wusste doch jeder – sollte sich nach dem Tod bald Leichengift bilden. Das mussten wir verhindern. Max wusste einfach immer, was zu tun ist.
»Los, wir waschen das Leichengift gleich da drüb'n inner Wanne ab!«
Im Wasser der Aluminiumregenwasserwanne lösten sich unsere Sorgen auf. Nach einem ausgiebigen Bad hing ich die kleinen Mäuseleiber zum Trocknen an die Wäsche-

leine auf der Terrasse vor dem Schlangenbaum. Konnte ich wissen, dass Frauen bei diesem Anblick hysterisch zu schreien anfangen würden? Natürlich nicht! Keiner würdigte mein Werk. Verurteilt ging ich einsam und allein ins Bett. Auch die Comics halfen mir an diesem Abend nicht schnell in den Schlaf.

Ach ja, Tiere! Der kleine Wassermann wollte natürlich wie alle anderen Kinder unter und über der Wasseroberfläche auch ein Tier haben, das nur mir ganz allein gehörte. Meine Mutter ging mit mir in die Kleintierzoohandlung in unserem Ort. Ich wählte mir Wasserschildkröten aus. Passend, finden Sie nicht? Meine Mutter war bestimmt glücklich, da die Schildkröten nicht laut sind, nicht umherfliegen, nicht in die Wohnung scheißen und das Sauberhalten des Wasserbeckens recht einfach ist. Vernünftige Eltern wissen, dass die Haustiere irgendwann mit an Sicherheit grenzender Wahrscheinlichkeit an ihnen hängen bleiben. Jedenfalls bekam ich zwei Schildkröten und nannte sie Ben und Timmie. Zum Glück gab es damals noch kein »Google«. Hätte ich auch nur annährend gewusst, dass die ideale Wassertemperatur für meine neuen Hausgenossen 28 Grad, die Landtemperatur 38 bis 45 Grad ist, dass eine UV-Lampe benötigt wird, dass die Tiere ausgewogene Vitamine brauchen und leicht an Lungen- und Nierenentzündung sterben können, wäre ich komplett überfordert gewesen und hätte mich wahrscheinlich nicht getraut, Wasserschildkrötenpapa zu werden. In der Kleintierzoohandlung hatte man mir all das jedenfalls nicht gesagt, sodass ich frohen Mutes an mein verantwortungsvolles Werk ging. Ich beschloss, dass Ben, Timmie und ich Freunde sind. Unsere Beziehung hielt auch einige Monate, bis die Familie über ein verlängertes, sommerliches Wochenende wegfuhr.

»Hast du die Schildkröten auch gut versorgt?«, hörte ich meine Mutter fragen.

»Natürlich!«, entsprang es dem Mund des jungen Schildkrötenfreundes. Tatsächlich hatte ich zusätzliches Wasser und ausreichend Nahrung in das Becken gekippt. Frohen Mutes verabschiedete ich mich von meinen neuen Freunden und sollte sie nie wieder lebend sehen. Ich hatte das Becken wie üblich auf meiner Fensterbank stehen. Die heiße Sonne leistete ganze Arbeit, verdunstete das Wasser komplett und brutzelte Ben und Timmie zu Tode. Nach meiner Rückkehr weinte ich bitterlich, machte mir fürchterliche Vorwürfe, bestattete die beiden im Garten und stellte ein selbst gebasteltes Holzkreuz auf den kleinen Erdhügel.
Schließlich entschloss sich mein Vater zu meinem Leidwesen, die wunderbare Villa mit dem Schlangenbaum und dem Grundstück für Riesen gegen ein eigenes, neues Haus zu tauschen. Nach den Bauarbeiten und dem Umzug fand ich mich in einem unterkellerten Flachdachhaus in einer Gegend wieder, in der die Häuser alle gleich aussahen. Die Magie war gebrochen, der Zauber vorbei. Es war keine Villa, eher ein Fort aus dem Wilden Westen, denn mein Vater ließ einen Palisadenzaun in einer für mich gigantischen Höhe von zwei Metern um das Gelände errichten. Sollten doch die ganzen bösen Indianer draußen bleiben. Aber die waren doch gar nicht böse, oder?
Der Landadlige verlor sein Hab und Gut und schoss sich in den Kopf.

Der kleine Prinz

Erinnern Sie sich an »Die Truman Show« mit Jim Carrey in der Hauptrolle? In dem 1998 produzierten Spielfilm fällt dem Versicherungsvertreter Truman Burbank auf der Straße seiner Heimatstadt Seahaven versehentlich ein Scheinwerfer direkt vor die Füße, der bis dahin einen Stern am simulierten Himmel dargestellt hatte. So kommt Burbank erst in seinem 29sten Lebensjahr dahinter, dass er unwissentlich die Hauptrolle in einer rund um die Uhr laufenden Fernsehunterhaltungsshow spielte.
Oder vielleicht kennen Sie den Film »Matrix« aus dem Jahr 1999 mit Keanu Reeves in der Hauptrolle. Den Programmierer Thomas Anderson beschleicht seit einiger Zeit das Gefühl, dass mit der Welt irgendetwas nicht stimmt. Er sieht eine Szene zweimal, wie bei einer Bildstörung im Kino, ein Déjà-vu. Dennoch ist dies sein reales Leben. Schließlich kommt Anderson dahinter, dass sein gesamtes bewusstes Leben und das aller anderen Teil eines hochkomplexen Computerprogramms sind, das die virtuellen Menschen kontrolliert, während die realen Menschen als Nahrungs- und Energiereserven für Maschinenwesen dahinvegetieren.
Und dann haben Sie bestimmt schon einmal »Der kleine Lord« in der Verfilmung von 1980 nach einer Romanvorlage aus dem Jahr 1886 gesehen. Cedric Errol lebt als liebenswerter, kleiner Junge in sehr bescheidenen Verhältnissen in New York, als er erfährt, dass er ein englischer Lord ist. Er zieht nach England, um sein Erbe anzutreten, und rührt dort das kalte, aristokratische Herz seines Großvaters.
Wer kennt nicht den Traum vom reichen, unbekannten Onkel in Amerika, nach dessen Tod man unerwartet vermögend wird? Hatten Sie schon einmal solche Gedanken? Ich schon! Den kleinen Wassermann trieben

solche Wünsche in zahllose Tagträumereien hinein. War ich wirklich der Sohn meiner Eltern? Kam ich überhaupt von diesem Planeten? Die vielen Comics, die ich zu dieser Zeit las, haben mich wahrscheinlich zu diesen Gedanken beflügelt.
Da war »Superman«, eigentlich Kal-EL, der von seinem Vater, Jor-EL, wegen des nahenden Untergangs seines Heimatplaneten Krypton mit einer Rakete nach Kansas geschossen worden war.
Da war der »Silver Surfer«, Norrin Radd, vom Planeten Zenn-La. Er rettete seine Welt und seine große Liebe Shalla Bal, indem er sich dem Weltenzerstörer Galactus als Herold anbot, der daraufhin Zenn-La verschonte. Fortan musste Radd im Universum nach neuen Planeten suchen, von denen sich Galactus ernähren konnte. Zu seiner Geliebten konnte er niemals wieder zurückkehren und zog einsam und allein auf einem surfbrettähnlichen Fortbewegungsmittel durch das All.
Eines verband meine Comic-Helden. Alle hatten eine Tragik in sich, die sie suchen, kämpfen und nicht ruhen ließ. Ist es im normalen Leben nicht auch so?
Mein Lieblingsheld wurde »Spider-Man«, alias Peter Parker, ein schüchterner und unbeliebter Schüler, der von einer radioaktiven Spinne gebissen wird und daraufhin Superkräfte entwickelt. Weil er den Tod seines Onkels nicht verhindern konnte, treiben ihn Schuldgefühle. Peter Parker wird zum klassischen tragischen Helden, der das Gesetz schützt, aber dennoch von der Öffentlichkeit mit Argwohn betrachtet und oft selbst für kriminell gehalten wird. Na, welches Kind findet sich hier nicht wieder? Der kleine Wassermann tat es.
Natürlich suchte ich auch nach eigenen Geschichten à la »Der kleine Lord«. Ich war überzeugt, ich sei also ein Prinz. Meine königlichen Eltern hätten mich zu Erziehungszwecken abgegeben. Ich sollte nicht in herrschaftlichen Verhältnissen aufwachsen, um nicht zu abgehoben und eingebildet zu werden. Ich sollte das normale Leben

41

kennenlernen, damit ich sowohl Verständnis für Land und Leute als auch Milde entwickelte. Sobald ich älter wäre, würden sich alle offenbaren und das Schauspiel beenden. Dann könnte ich meine Rolle als Prinz einnehmen, um einmal König zu werden. Über das Land, das ich einst regieren sollte, machte ich mir keine Gedanken. Dieser Ansatz hielt nicht lange. Der kleine Wassermann wurde älter, aber kein König, keine Königin, nicht einmal ein Herold kam. Das Herz des kleinen Wassermanns wurde schwer.

Mein Fantasiemaschine ratterte weiter. Auch die »Truman Show« erwies sich als nicht stichhaltig. Weder fiel mir ein Scheinwerfer vor die Füße, noch fand ich Beweise, dass mein gesamtes Leben nur eine Unterhaltungsshow ist. Die Theorie ließ sich nicht halten. Sollte mein Leben eine große Inszenierung sein, so musste ich mich damit abfinden, sie nicht aufdecken zu können.

Meine Gedankenmaschine unternahm noch einen letzten Versuch. Ich war nicht von dieser Welt. Nun wusste ich es. Das erklärte, warum ich mich oft unwohl und fremd, nicht gesehen und gehört fühlte, warum ich immer wieder auf den Meeresgrund hinabtauchte. Ich verstand nicht, weshalb Menschen sich stritten, fies und gemein waren, anderen wehtaten. Wieso hatte ich immer so viele Fragen im Kopf? Wieso war ich aber still und fragte niemanden, wieso versank ich immer wieder in mich?

Die Lösung war einfach: Meine Eltern waren nicht meine Eltern. Ich war ein Fremdling, ein Außerirdischer. Doch wie war ich hierhergekommen? Ich spann mir eine galaktische Erkundungsmission meines Volkes auf diesem rückständigen Planeten namens Erde zusammen, infolge derer ich schlichtweg vergessen worden war. Ich musste nur warten, bis sie kamen, um mich abzuholen. Aber niemand kam.

Ich suchte nach einem Grund: Ich war nicht vergessen, sondern vielmehr absichtlich ausgesetzt worden. Dieser Erklärungsansatz wurde wahrscheinlich aus Selbstmit-

leid geboren, aber er erlöste mich davon, länger zu warten. Meine Fantasie ging weiter mit mir durch. Meine eigentlichen, außerirdischen Eltern hätten mich aus Fürsorge, ähnlich wie Superman, auf der Erde ausgesetzt. Die Sache war geritzt, aber nur für einige Kinderjahre. Irgendwann war es nicht mehr zu leugnen: Ich war kein kleiner Lord, kein Prinz und kein ausgesetzter Außerirdischer. Es gab einfach keinerlei Hinweise oder gar Beweise hierfür.
Wenn ich heute zurückblicke, denke ich, dass Kinder Produkte ihrer Eltern sind. Sie übernehmen elterliche Verhaltensmuster oder lehnen sie ab. Meine Fantastereien dienten einfach dazu, einen Platz in der Familie zu finden, der noch nicht von anderen Familienmitgliedern besetzt war und an dem ich atmen konnte. Was wusste ich als Kind über meine Familie zu sagen? Mein Vater war für mich eine richtige Autorität. Er war streng und milde zugleich. Preußische Tugend hörte ich ihn das nennen. Ich hatte Respekt vor ihm, manchmal auch Angst. Vor allem blieb mein Hunger nach Liebe, Aufmerksamkeit und Bestätigung oft ungestillt. Meine Eltern arbeiteten sehr viel, vor allem mein Vater. Meine Schwester war ein paar Jahre älter und konnte damals nicht viel mit mir anfangen. Wir stritten und waren ein Herz und eine Seele. So wie Geschwister nun einmal sind. Meine Großmutter mütterlicherseits war ein herzensguter Mensch. Doch oft erschien sie mir merkwürdig abwesend. Mit der Großmutter väterlicherseits konnte ich nicht viel anfangen. So war ich häufig für mich.
Nach anfänglichen Schwierigkeiten waren meine Noten in der Schule befriedigend bis gut geworden. Die Legasthenie wurde mir nach einem erneuten Test wieder aberkannt. Zum Glück war ich einigermaßen sportlich. Sonst wäre ich womöglich schnell in die Ecke des Strebers geraten. Zaghaft interessierte sich auch mal ein Mädchen in der Schule für mich. Was heißt interessieren? »Was sich neckt, das liebt sich!« Erinnern Sie sich noch? Ich wurde

auf dem Schulhof von Mädchen geknufft, oder meine Schulsachen wurden versteckt. Was ist es, das Menschen Interesse füreinander entwickeln lässt? Mein Aussehen konnte es nicht gewesen sein. Ich fand mich hässlich.

Der Schüler

Die Grundschule verließ ich mit einem ordentlichen Zeugnis, das heißt mit einer Vier in Rechtschreibung, einer Drei in Schrift und Form und ansonsten jeweils drei Zweiern und Einsern. Mit zehn Jahren hatte ich zu begreifen begonnen, dass die schulischen Leistungen für mein späteres Leben von größerer Bedeutung sein würden. »Willst du einmal bei Aldi hinter der Kasse enden?«, hatte ein Verwandter zuvor wegen meiner Faulheit einmal zu mir gesagt. Das fand ich gar nicht so schlimm. In meinem Bundesland schloss sich für alle Schüler nach der vierten Klasse die sogenannte Orientierungsstufe an. In zwei Jahren sollten die Kinder für ihre Schulempfehlung ausgesiebt werden. So wurden wir ehemaligen Grundschüler ordentlich durchgeschüttelt und nach kurzer Zeit in den Fächern Englisch und Mathematik nach Leistungen in verschiedene Kurse eingeteilt. Freundschaften zerbrachen allein schon deshalb, weil man sich weniger sah. Das galt auch für Max, Tim und mich. Einige von uns fielen klaglos durch die Maschen, einige andere oder zumindest deren Eltern versuchten, sich ebenso krampfhaft wie erfolglos im Sieb zu halten, wiederum andere waren einfach nicht durchzuschütteln und blieben auf dem Siebboden liegen. Das Resultat waren Empfehlungen für Hauptschule, Realschule oder das Gymnasium. Für den kleinen Wassermann war klar, dass er aufs Gymnasium gehen würde. Ein zusätzlicher Anreiz war bestimmt, dass ich es meiner Schwester gleichtun wollte. In diesen zwei Jahren auf der Orientierungsstufe verlor ich meine ersten beiden Freunde. Max, Tim und ich waren in verschiedenen Klassen und verschiedenen Mathematik- und Englischkursen. Anfangs sahen wir uns noch regelmäßig auf dem Schulhof und nach der Schule zum Spielen. Es gab keinen klaren Bruch zwischen uns.

Vielmehr war es ein schleichender Prozess. Mit Sicherheit hatte es auch mit dem Sport zu tun, den ich so häufig nebenbei trieb, oder in den ich mich vor der Einsamkeit flüchtete. Zusätzlich zum Fußball hatte ich auch das Handballspielen entdeckt. Dass ich die Schule nun richtig ernst nahm, kostete ebenfalls Zeit, die ich im Gegensatz zu früher auch in Hausaufgaben investierte. Und jeder von uns alten Freunden lernte andere Jungs kennen. Es ergaben sich zwar keine neuen Freundschaften für mich, die sich irgendwie mit der zu Max vergleichen ließen, dennoch war es eben angesagt, mit dem einen oder andern auf dem Schulhof »abzuhängen«. Das Sieb oder auch einfach wir selbst ließen uns in verschiedene Welten purzeln.

In meiner Prioritätenliste kam an erster Stelle die Schule, dann der Sport, Freunde, viele andere Dinge und irgendwann Mädchen. Mit denen konnte ich nichts anfangen, dennoch war nicht zu leugnen, dass man langsam eine Freundin haben musste, wollte man nicht als Sonderling gelten. Mein Selbstbewusstsein tendierte gegen null. Ich trug eine Brille und hatte einen Prinz-Eisenherz-Haarschnitt. Weder war ich groß noch breit, eher drahtig. Und wie schon gesagt, ich fand mich hässlich.

»Mama, warum bin ich so hässlich?«, fragte ich meine Mutter auf einem Spaziergang zum Schützenhaus. Sie war sprachlos und bestritt die für mich so offensichtliche Tatsache.

»Du bist doch hübsch!«

Ich glaubte ihr nicht. Meine Mutter, alle Mütter waren schließlich befangen. Umso erstaunter war ich, dass sich auch mal ein hübsches Mädchen, das in der Schule mehr als beliebt war, für mich Brillenschlange interessierte. In der Regel war man zusammen, wenn beide auf dem Briefchen »Willst Du mit mir gehen?« das »Ja« angekreuzt hatten – und nicht »Nein«, »Weiß nicht« oder »Bis zur nächsten Mülltonne!«. So führte ich die ersten zaghaften Beziehungen meines Lebens. Bettina gab mir mal ein Küsschen auf die Wange oder einen Stubser auf den Mund. Hauptsächlich liefen wir gemeinsam Rollschuh, fuhren Fahrrad oder spielten miteinander. Wenn kein anderer Junge zusah, machte ich auch beim Gummitwist mit.»Inliner« hießen damals noch Rollschuhe, Twix war noch Raider, und die Mädchen hießen noch Nicole und Gabi, nicht Zoé oder Dakota Blue. Gleichzeitig zeigte ich aber auch erste Tendenzen, mich zum »Arschloch« zu entwickeln. Um mit Bettina auf dem Schützenfest in meiner Kleinstadt im Autoskooter anzugeben, überredete ich, ein anderes Mädchen, Katharina, mit der ich seit Wochen verabredet war, nach Hause zu fahren,. Danach kamen Bettina und ich zusammen.

Außerhalb der Schule bestimmte der Sport mein Leben. Bis zu acht Sportarten, Fußball, Handball, Leichtathletik, Volleyball, Tennis, Geräteturnen, Schießen, später sogar Wasserball, betrieb ich zu Spitzenzeiten parallel. Das führte zu argen Terminschwierigkeiten. An manchem Samstag radelte ich morgens zum Fußballplatz, auf dem die »Kurzen« vor den Jungend- und Herrenmannschaften ihr Meisterschaftsspiel hatten. Nach dem Abpfiff rannte ich zum Fahrrad, sprintete zur Turnhalle zum Handballspiel, warf mich dort schweißnass in das nächste Trikot und in die Hallenturnschuhe und versuchte, meine Motorik von Fuß auf Hand umzustellen. Manchmal waren die Meisterschaftsspiele oder Wettkämpfe nicht unter einen Hut zu bringen. Da alle Vereine in meiner Kleinstadt unter einem Dach angesiedelt waren, waren die Trainer in der Regel nachsichtig mit mir. Als meine Fußballkameraden begannen, nach dem Spiel mit den alten Herren, die schon lange nicht mehr oder auch noch nie auf dem Platz gestanden hatten, am Bierwagen zu saufen, und als die Terminschwierigkeiten überhandnahmen, entschied ich mich, nur noch Handball zu spielen. Die Jungs dort hatten was im Köpfchen und fingen erst viel später mit dem Saufen an. Leider hatte ich für keine der Sportarten ein besonderes Talent. Aus einer Sportlerkarriere wurde also nichts. Blieb nur die Schule. Die Orientierungsstufe hatte ich mit einer Empfehlung für das Gymnasium verlassen. In meiner Kleinstadt gab es keine dieser weiterführenden Schulen, sodass ich jeden Tag mit dem Schulbus 13 Kilometer fahren musste. Das fand ich sehr erwachsen, aber es schüchterte mich auch ein. Erstaunt betrachtete ich das neue weitläufige Schulgelände, das außerhalb eines kleinen, hübschen Dorfes lag. Der Bus hielt an einer Haltestelle oberhalb der tiefer gelegenen Anlage, an der eine Bundesstraße vorbeiführte. Nur ein Schild machte auf die Schule aufmerksam. Ein Weg führte an einer Villa, in der einige wenige Lehrer wohnen durften, abwärts zu den anderen Gebäuden. Dem Gymnasium war ein Internat für Mädchen und Jungen angeschlossen. Ich konnte, wenn ich wollte, nach Anmeldung als sogenannter Externer zusammen mit den Internatsschülern in der Mensa essen. Es gab ein sehr kleines Schwimmbad, später sogar einen Tennisplatz, auf dem später einmal Nicolas Kiefer trainieren sollte. Insgesamt drückten 350 Schülerinnen und Schüler die Schulbank. Montags wurde zum Wochenbeginn eine Andacht mit allen Schülern und Lehrern in der Aula abgehalten.

Eingeschüchtert und verloren saß ich am ersten Tag in der Mathematikstunde in dieser neuen Welt und hatte keine Ahnung, ob ich es packen würde. Ich hatte die Hosen gestrichen voll. Der Mathelehrer machte mich noch sprachloser. Lange Haare bis zum Po, Jeans und Holzclogs, wie ich sie nur aus Holland kannte, ohne Socken. Er legte sich auf die Fensterbank, wofür Schüler im Unterricht einen Tadel riskiert hätten, sah sich die Klassenliste an und rief meinen Namen auf.

»Larsi-Baby, geh doch mal nach vorn und zeig, was du drauf hast!« Ich starb einen einsamen Tod an der Tafel und erntete Lacher. Hier war ich also gelandet. Dreizehn Kilometer von meiner Heimatstadt entfernt, mitten in der Pampa, mit dreißig Schülern, von denen ich nur eine

Handvoll von zu Hause kannte, in einem Klassenzimmer zusammengepfercht, ohne Freund, ohne Verbündeten, aber mit Lachern, weil ich mich gerade an der Tafel blamiert hatte. Zu allem Überfluss schoss sich in meiner Klasse eine Mädchenclique, die aus einem kleinen Nachbardorf stammte, auf mich ein. Sie setzte mir dermaßen zu, dass mir die Augen brannten und die Ohren klingelten. Im Unterricht hagelte es, egal was ich sagte, lästerliche Kommentare aus ihren Reihen, meine Schulsachen wurden versteckt, Gerüchte über mich in die Welt gesetzt, und in der Pause erhielt ich so manchen Knuff von einem der Mädchen. Es war fürchterlich. Wo war ich da nur hineingeraten? Allein unter Feinden auf weiter Flur und kein Freund in Sicht. Alles war neu, alles war anders.

Vor meinem Klassenlehrer, Herrn Schloter, hatte ich Ehrfurcht. Er stand kurz vor der Pensionierung, wohnte als einer der wenigen in der Villa auf dem Gelände und war durch und durch ein Lehrer vom alten Schlag. Er trug Anzug und Krawatte und benutzte ein Stofftaschentuch, wie ich es nur von meinem Vater kannte. Was ist es, das einem Menschen eine bestimmte Ausstrahlung verleiht? Oftmals lässt es sich nicht in Worte fassen. Herr Schloter besaß eine Aura, die alle augenblicklich verstummen ließ, sobald er auch nur den Raum betrat. Ausgerechnet ich wurde von ihm zum Klassenbuchführer ernannt. Ich hatte keine Ahnung warum und erstarrte angesichts dieser Verantwortung. Den Stundenplan musste ich genauso penibel eintragen, wie Krankheit, unentschuldigtes Fehlen, Tadel und Noten von Klassenarbeiten. Ich hatte das Klassenbuch jeden Morgen aus einem Fach vor dem Lehrerzimmer abzuholen und nach Schulende wieder dort abzulegen. Mich traf der Schlag, als ich an einem Samstagmorgen meine Schultasche auspackte und mich das Klassenbuch wie ein Fisch in der Wüste anstarrte. Ich dachte, nun wäre es aus mit mir. Mein Leidensdruck war so groß, dass ich gleich zu meinem Vater rannte und meine Sünde beichtete. Er rief den Klassenlehrer an, der wegen meiner Todesqualen am Telefon gelacht haben soll. Wieder hatte mein Vater mich gerettet.

Zwischen der siebten und zehnten Klasse war ich strebsam. Wenn ich als fleißige Brillenschlange im Sportunterricht eine Niete gewesen wäre und mich beim Pausenkicken auf dem Schulhof als unbrauchbar erwiesen hätte, wären die Hyänen vermutlich über mich hergefallen und hätten mich als Streber in Stücke gerissen. Zum Glück war ich nicht unsportlich und wurde beim Wählen der Mannschaften recht weit am Anfang aufgerufen, was mir sicherlich so einige Qualen ersparte.

Einige meiner Mitschüler waren ziemlich frech; das hatte ich bis dahin in dem Ausmaß nicht gekannt. Na klar, Abschreiben, Mogeln, Hausaufgaben vergessen, Zuspätkommen, Quatschen im Unterricht, all das machte ich auch. Aber was meine Mitschüler trieben, hatte eine neue Qualität. Manchmal ließ ich mich anstecken oder war nur zu gern dabei. Ich denke, dass ich meine Grenzen austesten wollte. Und ich wollte einfach dazugehören. Die Rabauken sind ja oft auch die Rädelsführer, in deren Schutz und Freundschaft man sich gern sonnt. Vielleicht hätte ich zu diesem Zeitpunkt auch das Schuppenfenster eingeworfen, was ich noch einige Monate zuvor nicht fertiggebracht hatte. Einmal hängten wir die Klassenzimmertür aus und lehnten sie wieder in den Rahmen. Als die Religionslehrerin sie von außen aufzog, kippte die Tür in ihre Richtung und schlug mit lautem Knall auf dem Steinboden. Bei derselben Lehrerin spielten wir Skat, was dazu führte, dass sie das Blatt einzog – und wir neue Karten hervorkramten. Gern warfen wir auch einen Radiergummi immer wieder in die Höhe, bis der Lehrer es einem von uns völlig angenervt verbat. Der Nächste in unserer Reihe machte natürlich weiter. Jeder, der mal Schüler war, kennt solche Geschichten und Streiche aus seiner eigenen Geschichte. Vielleicht sind sie auch nichts Besonderes, für den kleinen, braven Wassermann aber waren sie es. Und sie beeindruckten ihn auch: Ein Mitschüler entzündete mitten in der Stunde einen Haufen Schwarzpulver auf seinem Pult. Es kam zu einer hellen Stichflamme, zu starker Rauchentwicklung, zu einem Tadel und zum Ende der Stunde. Ein anderer Schüler, der liebe Conrad, warf eine dicke Adventskerze neben den Kopf des Lehrers an die Tafel, wo sie lautstark zerbarst. Als der Lehrer sich mit Entsetzen im Gesicht umdrehte, traf ihn ein Stück Kreide, und ein voll gesogener Schwamm flog durch die Luft, der mit einem dicken Schmatzer auf seinem Notenheft landete und es durchtränkte. Ich war ganz schön beeindruckt und duckte mich.

Der kleine Wassermann erhielt während seiner gesamten Schullaufbahn nur einen Tadel. Mein Klassenkamerad Mark und ich hatten uns im Chemieunterricht mit verdünnter Salzsäure befeuert. Wir wollten sehen, wer im Duell schneller ist. Wilder Westen halt. Mark und ich waren Kumpels. Er hielt mir im Schulbus immer einen Platz frei, da er vor mir einstieg. Seine Eltern hatten eine Kneipe, was ich cool fand.

Streiche, die sich gegen Oberprimaner richteten, waren gefährlich. Trotzdem konnten wir es uns nicht verkneifen, aus dem zweiten Stock mit Wasser gefüllte Luftballons auf den Raucherhof zu werfen. Hätten sie einen von uns erwischt, wären wir über offener Flamme gegrillt worden.

So gingen die schulischen Jahre dahin. Ich lernte, war fleißig und trieb viel Sport. Aber ich vermisste einen richtigen Freund, war tief in mir einsam und spürte Kälte.

Die Schüler des angeschlossenen Internats kamen aus den verschiedensten Flecken Westdeutschlands und bereicherten unsere Landidylle mit großstädtischem Flair. Als sogenannter Externer war ich gegenüber den Hamburgern, Hannoveranern und Göttingern schlicht ein Landei. Ich war mit mehreren Internatsschülern in einer Klasse. In den ersten Jahren auf dem Gymnasium hatte

ich keine Freundschaft in meiner Klasse schließen können und dümpelte einsam vor mich hin. Endlich gelang es mir, mich mit einigen der Internen anzufreunden, und ich bekam selbst etwas vom Hauch der Großstadt zu spüren.
Anfang der 80er-Jahre erfasste Westdeutschland eine Welle, die uns ordentlich durchspülte. »New Wave« stand anfänglich für die neue Punkbewegung Ende der 70er in England und wurde schnell zum Oberbegriff für die Jugendkultur der frühen 80er. Discohits von Blondie, Punk, Ska, die Mod-Bewegung, futuristischer Glam-Rock, Electro Wave und Synth Pop bis hin zum »Weißen Reggae« von The Police und Joe Jackson – alles wurde unter einem Begriff vermarktet, obwohl sich insbesondere die Punks und Mods davon distanzieren wollten. Der Sog der Welle war so stark, und wir alle fragten uns, ob wir auf ihr dem unbekannten Neuen entgegensurfen, uns in neuartigen Jugendsubkulturen unter dem Deckmantel einer Musikrevolution entdecken, vom alten abgrenzen oder ob wir auf den gewohnten Gewässern unbeeindruckt weiterschippern wollten. So entstanden sie, die Punks, Skins, Mods, Teds, New Romantics, Waver, Dark-Waver, Goths, Popper, Alternativen und Normalos.
Ein Punk oder Mod wollte auf keinen Fall als Waver gelten. Falsche Bezeichnungen konnten gar Handgreiflichkeiten nach sich ziehen. Schlägereien zwischen Skins und Punks waren in Hannover bereits auch ohne besondere Anlässe an der Tagesordnung. Die kühle, distanzierte, introvertierte, aber auch romantische Musik von Joy Division und The Cure traf den Wassermann mit unmittelbarer Wucht. Volltreffer. Die Synthesizer von Human League und A Flock of Seagulls erlaubten es dem Tiefseetaucher, seine Bahnen nunmehr mit einem wohligen Gefühl im Bauch zu ziehen. Das waren neue Klänge auf dem zuvor so stillen Meeresgrund. Die Pflanzen um mich herum bewegten sich im Takt der Musik. Hinzu kamen die kühle New-Wave-Ästhetik und deren Attitüden, der

Wunsch, cool und unberührbar zu sein. All das bildete einen mehr als perfekten Taucheranzug für mich. Es war unglaublich, aber ich fühlte mich nicht mehr allein. Diese Bewegung, die anders, romantisch und futuristisch sein wollte, ließ sich nur schwer beschreiben. Sie führte jedenfalls zu perfekten Wellen in meinem Meer. Ich hörte Musik von Independent-Labels und sah im Fernsehen »Formel Eins«, die erste deutsche Sendung, die Musikvideos präsentierte. Schwer beeindruckt war der Wassermann von Fad Gadget, der geteert und gefedert »Collapsing New People« sang. Schwarzer Humor war Bestandteil der Bewegung und entzündete auch eine Flamme in mir. »Was wäre, wenn die Autos nicht mehr mit Benzin, sondern mit Sauer- und Wasserstofftanks fahren würden?« »Wir würden ne Menge gegen die Übervölkerung tun!«, antwortete ich meinem konservativen, bayerischen Lehrer ungefragt und fand mich dabei tiefgründig, witzig und cool – mein Lehrer nicht.

Meine tapfere Mutter hatte jahrelang darum gekämpft, mich einmal aus Sweatshirt, dunkelblauen Jeans und schwarzen Puma-Tretern herauszubekommen und kurzfristige Erfolge mit Labelklamotten von Marc O'Polo gefeiert. Und nun das! Zum ersten Mal begann ich, mich für Mode zu interessieren und wurde zu eitel für meine Brille, die nun in der Schreibtischschublade lag. Mein neuer Taucheranzug, etwa Reiterhosen und Sakkos, musste vor allem schwarz und aus Secondhandläden sein. Die Schuhe waren so übertrieben spitz, dass ich kaum damit laufen konnte und überall anstieß. Meine vormals verdächtig nach Poppertolle aussehenden Haare gelte ich nun nach hinten, die Seitenpartien rasierte ich kurz.

»Oh Gott, ich dachte, aus Ihnen wird einmal was!«, entfuhr es meinem Chemielehrer vor versammeltem Publikum.

»Na klar, sehen Sie doch!« Etwas Besseres fiel mir nicht ein. Am Abend zuvor hatte ich meinen Haaren mit einem Tönungsschaum einen sanften Bordeauxstich gegönnt. Mein Vater vermutete, dass mit meiner äußerlichen Veränderung ein Abfall der schulischen Leistungen einhergehen müsse, und passte mich eines Abends in der heimischen Küche ab, kurz bevor ich in schwarzer Kluft ausgehen wollte.

»Wie schlecht bist du in der Schule geworden?« Die Frage durchbohrte mich.

»Ich war nie besser!«

Das entsprach in der zehnten Klasse absolut den Tatsachen. Mein Vater war beruhigt und sponserte meine abendlichen Ausgaben dieses Mal in ungewohnter Höhe. Mir ist es immer schwergefallen, vor meinem Vater zu bestehen. Für ihn schien es immer selbstverständlich zu sein, dass ich alles magna cum laude packte. Anerkennung oder Lob hörte ich selten. Wie schwer war es später wohl für meinen Vater, vor seinem Kind zu bestehen? Die Neonwelt des New Wave rückte in mein Leben ein, wie eine Kavallerieabteilung in ihr Fort, und füllte es aus. Musik, Mode, Nachtleben und Frauen traten in den Vordergrund. Zum Glück war ich in den vorangegangenen Jahren in der Schule fleißig gewesen und konnte mich etwas auf den Lorbeeren ausruhen. Das Fundament war geschaffen, manches Stockwerk ließ sich darauf leicht aufbauen, aber hier und da kam ich trotzdem ganz schön ins Schwitzen. Einen gewissen Schlendrian konnte ich mir jedoch problemlos leisten. Das war ein großes Glück für mich, wartete da draußen doch diese faszinierende flimmernde Welt voller anderer Wassermänner auf mich. Der Meeresgrund sah nun völlig anders aus, als hätte jemand das Theaterbühnenbild ausgetauscht. Bereitwillig, wenn nicht gar sehnsüchtig, tanzte ich im Sand, Kies, Schlick und Schlamm zwischen den anderen herum. Alles fühlte sich anders an und sah anders aus. Überall war Bewegung, Leben. Mein Herz schlug höher. Die Wasser-

temperatur hatte sich erhöht. Auf dem Meeresboden war es zuvor oft ganz schön kalt gewesen.
Fasziniert von der neuen Welt voller Musik, Mode, Frauen und coolem Gehabe saß ich auf der Bruchkante einer Ozeanplatte und staunte über das Treiben. Ich hatte eine Riesenlust auf diese Welt für Wassermänner. Während ich glückselig vor mich hinstrahlte, hatte sich jemand behutsam neben mich gesetzt. Oder war ich an ihn herangerückt? Na, jedenfalls, der junge Mann hatte an demselben Tag wie der Wassermann Geburtstag!
Sascha ging auf meine Schule, war älter, eine Klasse über mir, hatte bereits ein kultiges Auto, einen knallroten Renault 5 der Phase 2, und – vor allem – er war Gitarrist in einer New-Wave-Gitarrenband. Er stand auf The Smiths. Sascha bereicherte mein Leben durch seine Art, die Dinge zu sehen, und er hatte Tiefgang. Wir Wassermänner verstanden uns eben.
Von nun an fuhr ich mit zu den Proben der Band und war auf Konzerten sogar für die Lichteffekte verantwortlich. Einmal spielten Sascha und die anderen Bandmitglieder, Jan am Schlagzeug und Andre am Synthesizer, auf einer Fachhochschulabschlussfeier. Sie waren angetrunken und probten hinter der Bühne so laut, dass es massive Beschwerden gab. Der Sänger, Bernd, war letztlich so alkoholisiert, dass er nicht mehr singen konnte, vor dem eigentlichen Konzert ausschied und auf dem Sofa hinter der Bühne mit seinem Bass im Arm schnarchte.

»Ey!«
»Was?«
»Du singst!«
»Ich? Ich kann doch gar nich!«
»Egal, du singst. Bernd ist voll, da läuft nix mehr.«
»Auf gar keinen Fall. Ich kenn zwar die Texte im Großen und Ganzen, aber sing'n kann ich nu wirklich nich!«
»Du singst«
Damit war das Thema für Sascha & Co. erledigt. Für zwei Dinge besitze ich absolut kein Talent: singen und malen. An dem Abend habe ich sicherlich für einige Lacher bei Menschen gesorgt, die ich nicht sehen und hören konnte. Aber wir waren cool mit unseren schwarzen Anzügen und Sonnenbrillen à la Blues Brothers, als wir deren Hymne nachsangen. Vorher hatte ich noch zwei Biere hinuntergestürzt.
»Rollin' rollin' rollin'
Though the streams are swollen
Keep them doggies rollin'
Rawhide ...«
Danach musste ich nie wieder singen.
Alles andere als cool war unser schlechtes Benehmen beim anschließenden Buffet. Wir drängelten uns vor und räumten manche Platte vorzeitig ab. Jan traf die letzte Bulette mit der Gabel nicht mehr zielsicher, so dass sie über den Boden durch Anzugbeine und Pfennigabsätze hindurchrollte. Hoffentlich wurde es unserer Jugend zugeschrieben und uns verziehen – als exzentrische Künstler gingen wir keinesfalls durch.
Sascha und seinem Auto hatte ich es zu verdanken, dass sich die Tore sagenumwobener Diskotheken in anderen Städten für mich öffneten. Einer der Clubs, das Niagara in Emmerthal, zog die Waver aus einem Umkreis von mehreren hundert Kilometern magisch an und hatte alles, was die kühle, exzentrische Neonwelt brauchte. Tolle Musik, eine abgefahrene Einrichtung und ein interessantes Publikum. Viele Gäste waren ganz in Schwarz ge-

hüllt, andere schillerten silbern oder golden. Die sphärische, von Synthesizern oder Gitarren getragene Musik, die Menschen, die Nebelschwaden entführten mich an einen Ort am Meeresgrund, an dem ich sofort meinen Anker auswarf. Ich hatte von den Meeresfrüchten aus einem Garten gekostet und war ihnen verfallen. Von diesem Moment an lebte ich von Wochenende zu Wochenende. Während ich auf den nächsten Samstag wartete, fühlte ich mich wie ein Fisch auf dem Trockenen, als wäre der Wassermann an Land gespült worden und schnappte verzweifelt nach Meerwasser. Glitt ich zurück in den Ozean der Neonwelt, war ich verzückt und entrückt. Als die Diskothek nach einem Jahr schloss, verlor ich mein zweites Zuhause und fühlte mich an den folgenden Wochenende leer. Aber ich hatte ja meinen Wassermannfreund und bald öffnete das Spacestation in Höxter.

Die Zeit am Gymnasium näherte sich ihrem Ende. Die durchschnittliche Note von 2,5 reichte überraschend zu einem der besten Abiture meines Jahrgangs. Meine Reifeprüfung hatte ich unbeschadet ablegen können, trotz Neonwelt und Meeresgrund.

Die erste Liebe

Schwärmerei lässt sich als schwache Form der Verliebtheit bezeichnen, der es in der Regel an ernsthafter Zuneigung mangeln dürfte. Verliebtheit wird als intensives Gefühl der Zuneigung zu einem anderen Menschen beschrieben, die dazu führt, dass sich das Bewusstsein einengt, die Schwächen des anderen nicht gesehen oder gar als besonders positiv bewertet werden. Die Liebe ist die stärkste Zuneigung, die wir für einen anderen Menschen empfinden können. Ob Liebe auch ohne eine Form von Verliebtheit entstehen kann, ist umstritten.
Das wirklich Problematische ist, dass alle Formen der Zuneigung eben sehr einseitig sein können.
In der Orientierungsstufe fand ich Bettina toll. Nach Schule, Familie Sport und Freunden kam sie in der Rangfolge auf Platz 5. Per Zettelpost hatten wir auf dem Schulhof geklärt, dass wir nun miteinander gehen würden. Ich hatte keinen blassen Schimmer, was das eigentlich bedeuten sollte. Bettina war in meinen Augen eines der hübschesten Mädchen in der Schule und in der angesagten Clique. Wir Jungs fanden es sehr schwierig, zu entscheiden, wer am besten aussah. Heute die, morgen jene. Und das Aussehen war für uns damals ungemein wichtig, wahrscheinlich entscheidend. Von inneren Werten und Charakter sprach niemand. Wir hätten auch gar nicht gewusst, was das ist. Der kleine Wassermann war mächtig stolz darauf, ein Mädchen aus dieser Clique zur Freundin zu haben. Ich hatte keine Ahnung, was sie ausgerechnet von mir wollte und was ich mit ihr anfangen sollte. Ein Küsschen auf die Wange, ein verzagtes Händchenhalten, am besten nur dann, wenn niemand in der Nähe war. Blieben Rollschuhe laufen, Fahrrad fahren, schwimmen gehen und mit ihrer Clique abhängen. Dieses Miteinandergehen endete unspektakulär. Aus welchen Gründen auch immer sahen wir uns weniger, spra-

chen natürlich nicht darüber, waren auch ohne die Sache mit dem Zettel auseinander, und Bettina hatte einen neuen Freund. Der kleine Wassermann war traurig, erzählte aber natürlich, dass er nicht mehr gewollt hätte.
Bettina war eine Schwärmerei.
Bei Michaela bin ich mir nicht sicher, ob es sich nur um eine Schwärmerei eines kleinen Wassermanns handelte. Ich begegnete ihr noch vor Bettina in meiner Grundschulzeit. Ihr Name wurde für mich über ein Jahr lang Lebensprogramm und ließ mich zwischen Himmel und Hölle schmoren. Michaela war mit ihren Eltern aus einem Dorf in unsere Stadt gezogen und lebte im Erdgeschoss eines stattlichen Mehrfamilienhauses, das an der Kreuzung zum Bahnhof lag. Mir erschien das Haus wohl deswegen so besonders, weil sie darin wohnte. Michaela kam auf meine Grundschule und in meine Klasse. Sie war eher schweigsam und strahlte etwas Besonderes, vielleicht für mich Unnahbares aus. Im Unterricht beobachtete ich sie, ich konnte meinen Blick nicht von ihr abwenden, reagierte instinktiv mit Blicken auf jede ihrer Bewegungen. Ich betete an, was sie sagte, verpasste Teile des Unterrichtsstoffs, und ich dachte an sie, wenn sie nicht da war. Während der Pausen suchten meine Augen im Klassenzimmer und auf dem Hof nach ihr. Ich konnte mich erst entspannen, wenn ich sie irgendwo in meiner Nähe wusste. Michaela wurde immer geheimnisvoller für mich. Sie sprach selten, machte wenig Blödsinn, wirkte irgendwie erwachsen. Sie war angesagt und sah einfach toll aus.
Fast täglich musste ich auf dem Weg zum Sportgelände mit dem Fahrrad an ihrem Haus vorbei. Sehnsuchtsvoll suchten meine Augen nach ihr. Ich wünschte mir, sie stünde vor dem Haus, spielte auf dem Gehweg, säße auf dem Rasen des kleinen Parks, aber vor allem, dass sie mich zu sich winkte und anspräche. Ich selbst brachte nämlich in ihrer Anwesenheit kein einziges brauchbares Wort heraus. Der kleine Wassermann litt aus der Ferne

vor sich hin und betete insbesondere Michaelas blasse Haut und ihre süßen Sommersprossen an. Mittlerweile träumte ich auch schon von ihr. Mein kleines, unerfahrenes Herz litt damals Höllenqualen. In den Freistunden spielten wir häufiger Flaschendrehen. Üblicherweise legten wir vorher fest, was derjenige, auf den die Flasche nach dem Drehen zeigte, zu tun hatte. Oft sollte ein Kuss verteilt werden. Das war für uns aufregend und peinlich zugleich. Ich flehte die Flasche an, dass sie auf mich zeigen möge, als es darum ging, Michaela zu küssen. Ich hatte nie Glück. Mein Leiden dauerte über ein Jahr. Ich kam nie mit ihr zusammen. Dennoch hatte ich irgendwann, wahrscheinlich dank meiner Belagerungstaktik, immer in ihrer Nähe sein zu wollen, ihre Aufmerksamkeit für einen kurzen Moment erregt. Während unserer ersten und einzigen Verabredung, ich war zehn, gab sie mir einen Kuss auf den Mund im Park gegenüber ihres Hauses. Der fühlte sich anders an, als der von Mama und Papa oder die beim Flaschendrehen. Danach hat sie nie wieder besondere Notiz von mir genommen. Der kleine Wassermann schmorte weiter. Heute denke ich, dass Michaela das erste Mädchen war, in das ich mich verliebt hatte.

Die erste große Liebe trat mit sechzehn unerwartet in das Leben des nicht mehr ganz so kleinen Wassermanns. Gegen Ende der Sekundarstufe 1 wechselte Anja auf meine Schule und in meinen Jahrgang, aber nicht in meine Klasse. Sie war ein Jahr älter als ich und erschien gegenüber den anderen Mädchen ungemein reif. Da stand kein Mädchen auf dem Schulhof, sondern eine junge Frau mit ausgeprägten, weiblichen Proportionen und keinerlei pubertärem Benehmen. Ihr Haar war naturblond, ihre Augen kristallblau. Für eine Frau war sie groß, über 170 cm, ihr Körper sportlich und ihre Kleidung unauffällig modisch. Sie stach auf dem Schulhof aufgrund ihrer Länge und der blonden Haare hervor. Außerdem war sie eine Neue, der wir stets mit Neugier

begegneten. 350 Schüler an einer Schule waren überschaubar. Ich war verliebt!
Es war einer dieser magischen, mystischen Momente im Leben. Anja war wie ein Kaleidoskop. Ich sah nur noch schöne Farben, egal in welche Richtung ich das Rohr drehte oder worauf ich es richtete. Die Farben ihrer Aura flossen für mich sanft ineinander über, waren symmetrisch, veränderten sich ständig und drehten sich um mich. Wohin ich auch sah, sie spiegelte sich in allem wider und tanzte über alle Formen und Gegenstände hinweg, die ich sah. Es ging schon wieder los, wie seinerzeit bei Michaela. Meine ganze Aufmerksamkeit galt Anja. Meine Blicke suchten sie, ich beobachtete sie. Meine Gedanken und Träume kreisten um sie. Die Sehnsucht nach ihr drohte, mich langsam und genüsslich zu verschlingen. Wenn sie nicht in meiner Nähe war, fehlte etwas. Die Welle der Verliebtheit hatte mich mit voller Kraft erfasst, hinweggespült und drohte mich nach unten auf den Grund des Meeres zu ziehen. Dort kannte sich der Wassermann aus. Ich hätte dort weiter vor mich hindümpeln können. Doch Anja lebte nicht hier unten. Ich musste schon nach oben.
Lange Zeit hatte ich keine Ahnung, wie ich Anja auf mich aufmerksam machen, ihr Interesse erwecken sollte. Zu dem Zeitpunkt machte ich ohne Brille, mit Poppertolle und Marc O'Polo-Klamotten, einen passablen Eindruck, New Wave hatte mich noch nicht so richtig erfasst. Verdammt, wie sollte ich nur an Anja herankommen? Ich erkundigte mich vorsichtig nach ihr, um mein Gesicht nicht zu verlieren. Wahrscheinlich haben die meisten mir meine Verliebtheit angemerkt und nur aus Höflichkeit nichts gesagt. Vielleicht war ich auch taub und blind für hämische Bemerkungen oder Blicke. Nach einer für mich unendlich langen Zeit spielte mir der Zufall oder das Schicksal unverhofft eine Möglichkeit in die Hände.
Ich war mit meiner Internatsschülerclique am Samstagabend in der Diskothek, die von ihnen abfällig »Bauern-

disco« genannt wurde. Der Laden war durchzogen mit hellem Holzgebälk, hatte eine große Tanzfläche und einen lang gezogenen Thekentresen. Die obligatorische Discokugel, wie wir sie auch auf unseren Garagenfeiern verwendeten, und mehrere Strahler in Blau, Rot, Gelb und Grün hingen unter der Decke. Manchmal wurde auch das Stroboskop angeschaltet, dessen zuckendes Licht uns zu Robotern machte. Wir wuselten auf einer Empore vor dem DJ-Pult herum, als ich Anja mitten in der Menge sah. Sie war in Begleitung ihrer Freundin Birgit, so viel hatte ich schon vorher über die Schwarzhaarige mit Pagenkopf herausgefunden, die neben ihr stand. Anja schaute sich um, als würde sie jemanden suchen. Ich bekam es mit der Angst zu tun. Meine Nachforschungen deuteten bislang nicht auf einen festen Freund hin. Hoffentlich würde sie sich hier nicht mit einem Mann treffen. Als Anjas Blick die Empore traf, hellte sich ihr Gesicht auf. Sie steuerte mit ihrer Freundin im Schlepptau direkt auf uns zu und stellte sich neben uns.

»Hi, schön, dass noch jemand von unserer Schule hier ist!«

»Hallo, Anja, hallo, Birgit!«

»Du kennst unsere Namen?«

»Na klar, spricht sich doch rum!« Etwas Besseres war mir nicht eingefallen. Ich war komplett überrumpelt worden. Als ich Anja gesehen hatte, war es mir heiß und kalt am Körper hinuntergelaufen. Verzweifelt versuchte ich, mir eine Taktik zu überlegen, wie ich an diesem Abend an sie rankäme. Währenddessen bekam ich einige flankierende, lästerliche Sprüche aus der Clique ab, die sich offensichtlich um meine Qualen drehten und wie heiße Nadeln in mein Gemüt piekten.

»Was machst du denn hier?«, war meine nächste rhetorische Glanzleistung.

»Ich wollte mit Birgit mal woanders hingehen.« Anja wohnte in einer Stadt in der Nähe der Schule und war

vom dortigen Gymnasium auf meine Schule gewechselt. Ich hatte alles sorgfältig recherchiert.
Die erste Hürde hatte ich erfolgreich genommen. Über unsere gemeinsame Schulzugehörigkeit fanden wir ein Gesprächsthema, weitere folgten. Beim (Roboter-)Tanzen gab ich mein Bestes. Immer wieder suchte ich ihre Augen. In dieses Blau konnte sich der Wassermann wie in einen kristallklaren Bergsee hineinstürzen und genüsslich darin baden. Ihr Haar glänzte für mich im Halbdunkel der Diskothek heller als der Polarstern. Manchmal hatte ich das Gefühl, als würde ich aus mir heraustreten, neben mir stehen, mich beobachten, mir zuhören. Was quatschte der Kerl da nur für einen Müll? Ich war über mich selbst erstaunt. Anja schien es nicht weiter zu stören. Was erwartete ich denn auch von mir? Nietzsche, Freud, Hesse gepaart mit Casanova und Harald Schmidt im Alter von 16 Jahren in einer Bauerndisco irgendwo auf dem platten Land in Westdeutschland? Ach, Schuster, bleib bei deinen Leisten. Der Abend konnte nicht so schlecht gelaufen sein, da ich mich mit Anja für das nächste Wochenende an derselben Stelle verabreden konnte. Wie lang kann eine Woche sein?
In der Schule blieb alles beim Alten. Anja zeigte kein besonderes Interesse an mir, und ich traute mich nicht an sie heran. Hatte ich den Abend überbewertet? Irgendetwas, mag es noch so klitzeklein gewesen sein, übersehen? Fand sie mich einfach nur nett? Das Wort »nett« kann eine fürchterliche Bedeutung haben. Ich zerbrach mir den Kopf und stellte mich selbst an den Marterpfahl, band mich, bewarf mich mit Äxten und beschoss meinen Leib mit Pfeilen. Die Einschläge waren nah, ritzten meine Haut, aber ernsthaft verletzt hatte ich mich nicht. Ich gab auf. Sollte doch der nächste Samstag Licht ins Dunkel bringen.
Aber genau an diesem Samstag machte mir Petrus einen gewaltigen Strich durch die Rechnung. Im auslaufenden Winter setzte starker Schneefall ein. Mit stark meine ich:

wirklich stark. Es schneite so heftig, dass kein Auto außer den Schneeräumfahrzeugen fuhr. Geländewagen gab es fast nur in amerikanischen Filmen. Meine Eltern wollten mich nicht in die Disco bringen, Busse fuhren nach 19 Uhr nicht mehr, eine Bahnverbindung dorthin gab es nicht. Es war schon schlimm genug, Anja nach der Durchquerung der Wüste Gobi in der vergangenen Woche nicht wiedersehen zu können. Noch schlimmer war, dass ich ihr nicht absagen konnte. Ich hatte keine Telefonnummer, keine Adresse. Bei der Recherche hatte ich ihren Nachnamen ausgelassen. Nachnamen waren nicht wichtig. Was sollte Anja also von so einem Schnösel halten, der sich mit ihr verabredet und nicht einmal genug Mumm hatte, abzusagen? Ich durchquerte an diesem Wochenende die Wüste Gobi in meinem Herzen ein zweites Mal. Die Sonne – so schien es mir – brannte noch heißer, der Sand brutzelte noch heftiger unter meinen Fußsohlen, mein Durst war noch unerträglicher. Oh Gott, was sollte ich nur machen, wenn sie mich am Montag strafend missachtete?

Am Montag kroch ich nur mit dem Gedanken, mich bei ihr zu entschuldigen, zur Schule. In der ersten großen Pause konnte ich sie abpassen.

»Hi, tut mir leid wegen Samstag. Ich konnte wegen des starken Schneefalls nicht kommen!« Dabei knuffte mir Anja gegen die Schulter.

Die Worte waren nicht aus meinem Mund gekommen. Anja schaute mich verwundert an, als ich vor lauter Erleichterung loslachen musste.

Anja und ich kamen nach ein paar Treffen und einem Essen beim Italiener im Kerzenschein zusammen. Unseren Eltern stellten wir uns nach alter Schule vor. Anja kam aus einer sportbegeisterten, katholischen Familie, die mich freundlich aufnahm. Wir verbrachten so viel Zeit miteinander wie möglich. Ich empfand uns als Traumpaar und war in den ersten Monaten voll des

Glücks. Zum ersten Mal fühlte ich mich durch eine Frau komplett.

Den Anfang vom Ende unserer Liebesbeziehung kann ich nicht bestimmen. Heute denke ich, dass es der natürlichste Vorgang der Welt war. Anja und ich entwickelten uns in dieser jugendlichen Sturm- und Drangzeit weiter und gingen wie die Schneiden einer Schere beim Öffnen auseinander. Anja war meine erste große Liebe und auch meine erste feste Beziehung. Das galt andersherum allerdings nicht. Als die Zeichen des drohenden Endes deutlicher wurden, wollte ich sie zunächst nicht wahrhaben. Ich klammerte mich vergeblich an die Vergangenheit, solange der Druck das Magma noch nicht in die Klüfte und Spalten steigen ließ. In dieser Zeit, kurz vor der Eruption des Vulkans, fuhr ich in den Sommerferien zum ersten Mal allein in den Urlaub, nach Brighton, um drei Wochen an einer Sprachreise teilzunehmen. Allein im Ausland zu sein, war für mich eine große Herausforderung, ein solch erwachsenes Abenteuer, dass ich dort sogar für kurze Zeit wie schon einmal als Kind zu paffen begann. Lungenzüge waren nicht drin, es schmeckte mir immer noch nicht. Diese Reise in »das London an der See« veränderte den Wassermann. Mit staunenden Augen erlebte ich den weltberühmten Pier, die 160.000 Einwohner und 30.000 Studenten, multikulturelles Leben und kosmopolitisches Flair, meine konservative englische Reihenhausgastfamilie, Eier, Speck und Würstchen zum Frühstück, Fish & Chips zu jeder Tageszeit, Partys, einen Ausflug in das nur eine knappe Zugstunde entfernte London und den von mir gewählten schwierigen Sprachkurs, dessen Level eigentlich erst für die Sekundarstufe 2 gedacht war. Manchmal fühlte ich mich einsam und hilflos, stand mitten in der Stadt und wusste nicht, wo ich langgehen musste, geschweige denn, wie ich nach Hause kam. Öffentliche Verkehrsmittel kannte ich bis auf den Schulbus so gut wie gar nicht und stand im Ausland entsprechend planlos vor der Liniennetzkarte. In einer Sache allerdings machte mich der Urlaub vielleicht zu locker: Meine Eltern waren bei meiner Rückkehr in Hannover stinksauer. Ihr Sohn hatte sich drei Wochen lang nicht gemeldet.

Anja und ich versuchten es anschließend noch eine Weile miteinander, aber unsere Beziehung war nicht mehr zu retten. Ständige Streitigkeiten waren eine klare Botschaft und der Abgesang auf unser Zusammensein. Meine erste große Liebe war es letztlich, die um ein Gespräch nach der Schule in einem kleinen, spießigen Café im Dorf bat. Hier saß ich nun und trennte mich nach außen einvernehmlich, sodass ich mein Gesicht wahren konnte.

Es war ein Schlag für mich, als Anja mich kurze Zeit darauf nicht einmal mehr grüßte. Offensichtlich hatte sie schon einen neuen Freund, einen Internatsschüler, älter, gut aussehend, muskulöser, angesagt. Händchenhalten und ein Kuss auf dem Raucherhof machten alle Nachforschungen überflüssig. Mein Selbstbewusstsein war im Keller. Das Herz des Wassermanns schmerzte. Ich verkroch mich für eine Weile auf den Meeresgrund und spielte im Schlick.

Die Schwester

Hinter mir hörte ich laute, eigenwillige Geräusche, die nur von sich schnell bewegenden Holzclogs stammen konnten, die auf einem Fußboden aufschlugen. Ich rannte um mein Leben. Der Flur in unserer Villa erschien dem kleinen Wassermann endlos lang. Seine Beine arbeiteten so schnell sie konnten, seine Arme schienen beim Rennen zu rudern, als wollten sie Luft fortschaufeln. Mit letzter Kraft warf ich die Tür hinter mir zu und drehte den Schlüssel zweimal um. Ich hatte es geschafft. Sie hatte mich nicht erwischt. Meine Flucht war geglückt. Ich würde vielleicht eine Stunde in meinem Zufluchtsort bleiben. Dann hätte sie sich bestimmt wieder beruhigt, und ich könnte mit einer Unschuldsmine durchs Haus tapern.

Die Hoffnung stirbt zuletzt und täuschte mir eine trügerische Sicherheit vor. Das Bild ging gleichzeitig mit dem zersplitternden Glas der Türfüllung zu Bruch. Langsam schoben sich erst ein Holzclog, dann ein Bein und dann der Körper meiner Schwester im Zeitlupentempo an den Glassplittern vorbei, durch den Rahmen der immer noch verschlossenen Tür, um mir eine Abreibung für einen Streit zu verpassen. Dieser ersten Abreibung folgte eine zweite durch unseren Vater. Ich war heulend zu ihm gerannt, um meine Schwester anzuklagen, und erwartete einen Schuldspruch. Wie so häufig ließ sich der Kinderstreit nicht eindeutig klären. Die Schuldfrage und Gerechtigkeit waren für den kleinen Wassermann von großer Bedeutung. Nur wusste ich bei meiner inneren Gerichtsverhandlung damals noch nicht, dass es mehrere Wahrheiten geben und der Richter durchaus zu einem anderen als dem erwünschten Urteil kommen kann. Der Richter sprach den kleinen Wassermann als Verursacher des Streits und meine Schwester als Zerstörerin der Tür schuldig. Die Strafe wurde unverzüglich vollstreckt. Zutiefst betrübt saß ich schmollend in meinem Zimmer, nachdem meine Schwester die Scherben aufgesammelt hatte. Unverstanden und einsam tauchte ich auf den Meeresgrund. Hier konnte mich niemand erreichen.

Bei allem geschwisterlichen und manchmal unversöhnlichen Streit bildeten meine Schwester und ich aber in erster Linie eine tief verschworene Gemeinschaft, insbesondere wenn es gegen die Eltern ging, die uns Strafen androhten oder diese vollstreckten. Oder auch während der langen Fahrten in den Urlaub. Es war immer das Gleiche. Wir stiegen ins Auto, fragten, kaum dass der Motor angelassen war, wann wir endlich ankommen würden, und wiederholten diese Frage gern in kurzen Abständen. Wir verlangten nach dem uns zustehenden Essen, insbesondere nach den hart gekochten Eiern, und fragten aus purer langer Weile Löcher in die Bäuche unserer Eltern. Nintendos, iPods und Ähnliches gab es damals noch nicht. Als weiteres Unterhaltungsprogramm stänkerten wir herum und piesackten uns gegenseitig. Wir liebten es, Gegenstände wie Mal- und Kinderbücher durch das Auto zu werfen. Unsere Eltern drohten uns alle möglichen Strafen an. Wurde eine davon vollstreckt, war der Streit zwischen meiner Schwester und mir vergessen. Meine Eltern wurden als die Bösen ausgemacht und unsere verschworene Gemeinschaft zum Leben erweckt.

Eine Gemeinschaft bildeten wir auch beim Bestattungswesen auf Sylt. Am liebsten waren uns Feuerquallen. Der Kontakt mit den Tentakeln wurde mit verbrannter Haut belohnt, was den besonderen Nervenkitzel ausmachte. Mit meiner Schaufel, deren Stiel beinahe so lang war wie ich, hob ich beherzt ein Loch aus, während meine Schwester die ersten Tiere heranschaffte und auftürmte. Akkurat zerteilten wir die Toten und warfen sie in das Loch, um sie zur letzten Ruhe zu betten. Das massenhafte Anschwemmen der gelben Haarquallen bei bestimmter Windrichtung über der Nordsee sicherte uns ein komplettes Tagewerk. Nach zwei Sommern verlor meine Gefährtin ihr Interesse an der Leichenbestattung.

Meiner Schwester war das Los der Erstgeborenen zugefallen. Zur Blütezeit des Adels hätte das zumindest einem Sohn die gesellschaftliche Stellung, die Erbfolge und Stammhalterschaft gesichert. Auf dem Schicksalszettel meiner Schwester standen weniger Privilegien, sondern vielmehr das Los, eine Schneise in den Wald der elterlichen Erziehung schlagen zu müssen. Sie lotete aus, was ging und was nicht. Der kleine Wassermann konnte bequem durch den freien Streifen hindurchgehen. Auch ich habe die Grenzen meiner Eltern ausgetestet, hier und da ein paar Äste abgebrochen, einen kleinen Pfad niedergetrampelt, doch standen da die Spielregeln in unserer Familie im Großen und Ganzen schon fest. Es ging um lebenswichtige Kinderfragen, ob Pommes Frites als Hauptmahlzeit akzeptabel waren, wann man ins Bett zu gehen hatte, wie viel Taschengeld gezahlt wurde, ob tägliches Fernsehen in Ordnung war. Meine Schwester hatte diese Kämpfe mit meinen Eltern geführt. Ich war der Nutznießer.

Da sie dreieinhalb Jahre älter als ich war, zeigte sie mir auch außerhalb der Familie manchen freien Weg. Manchmal folgte ich ihr durch die Schneisen auch klammheimlich. Als der kleine Wassermann noch vor der Pubertät stand, gab sie sich schon mit coolen Internatsschülern ab. Da Mädchen oft mit mehr Einschränkungen zu kämpfen hatten als Jungen, mussten ihre Freunde in der Regel zu uns kommen. Die meisten brachten Großstadtflair mit. Ein Sohn aus gutem Hause fuhr damals einen weißen Suzuki Jeep LJ 80 mit Hannoveraner Kennzeichen. Ich durfte sogar mal bei geöffnetem Softtop mit stolz geschwellter Brust auf der Rückbank mitfahren.

Durch meine Schwester kamen New-Wave-Bands in mein Leben, lange bevor ich selbst zum Waver wurde. Joy Division, New Order und The Cure lösten Rainbow und AC&DC in meinem dreizehnten Lebensjahr ab. Mei-

ne Winnetou-Plattensammlung wanderte ganz nach hinten. Die Scheibe »Pornography« von The Cure schlug wie eine Bombe bei mir ein. Ich hörte sie immer und immer wieder. Mittlerweile hatte ich mir angewöhnt, bei Musik einzuschlafen, was meinen Eltern ein Rätsel war.
»Junge, den ganzen Tag diese Musik, das macht mich ganz aggressiv! Wie hältst du das nur aus?«, fragte mich meine Mutter, kurz nachdem sie mich geweckt und ich sofort schlaftrunken die Musik angemacht hatte.
Auch waren die Freunde meiner Schwester und sie selbst für mich erste Mode-Vorbilder. Meine Zeit war noch nicht reif. Damals kam ich nicht über meine Jeans, Sweatshirts und Turnschuhe hinaus, aber die spätere Poppertolle, Marc O'Polo und New-Wave-Klamotten ließen schon grüßen.
Es ist nicht meine Wahrheit, wenn Eltern behaupten, sie liebten ihre Kinder gleich stark. Kann ein Mensch zwei verschiedene Personen gleich stark lieben? Kein Kind ist wie das andere. Kinder besetzen immer unterschiedliche Nischen. Sie kommen auf die Welt und tasten ihr Umfeld nach einem Platz für sich ab. Finden sie diesen nicht oder wird ihnen keiner gewährt, können sie zu schwarzen Schafen werden.
Ich weiß nicht, ob oder wer von wem in unserer Familie mehr geliebt wurde. Wie will man das auch messen? Erhielt ich vielleicht hier und da eine kleine Bevorzugung, weil ich mehr geliebt wurde, der Zweitgeborene oder einfach ein Junge war?
Als kleiner Wassermann machte ich mir darüber keine Gedanken. Ich wurde von meinen Instinkten getrieben und wollte Liebe. Am besten ging das über Gefallen und Anerkennung. Vielleicht wurde ich deshalb ein guter Schüler, um mich bei meinen Eltern, insbesondere meinem Vater, beliebt zu machen.
Erst wenn wir begreifen, dass unsere Eltern im Rahmen ihrer Möglichkeiten ihr Bestes gegeben haben, und wir ihnen unsere Verletzungen verzeihen, können wir unse-

ren Frieden finden. Aber das ist schon ganz schön tiefer Meeresgrundschlick.

In meiner Pubertät verpasste meine Schwester mir den Spitznamen »Karl Korrekt«, den leider auch ihre coolen Freunde verwendeten. Auslöser war lediglich eine Bitte an sie gewesen: »Könntest du bitte so freundlich sein und den Tonarm auf den Anfang der Platte legen?« Ich sehe uns noch heute zu dritt auf dem Weg quer durch die Stadt zum Schulbus laufen. Ein kleiner Bruder im Schlepptau muss für meine Schwester schrecklich gewesen sein. Ein richtig cooler Typ war aus der Landeshauptstadt in unsere Nachbarschaft gezogen und hatte sich mit ihr angefreundet. Für mich war Axel ein Lebemann, auch wenn ich das Wort damals noch nicht kannte. Lange, blonde Haare, lässige Klamotten, coole Sprüche auf der Zunge und selbst Gedrehte im Mundwinkel. Auf den Schulbuswegen hielt ich meistens meine Klappe, um keinen Unsinn zu erzählen. Ich konnte nur über Fußball mitreden, was meiner Schwester gehörig auf die Nerven ging.

Zu meinem Leidwesen fuhr meine Schwester ab der elften Klasse nicht mehr mit dem Schulbus. Die staatliche Subvention endete, und ich musste allein zum Bus gehen, in dem mein treuer Kumpel Mark mir weiterhin einen Platz frei hielt. Sie fuhr nun in einer der Fahrgemeinschaften der Sekundärstufe 2 aus unserer Stadt mit. Der Schulweg dieser Jahre war für mich eine langweilige Pflicht. Als ich in die zehnte Klasse kam, flehte ich meine Eltern an, in einer Fahrgemeinschaft mitfahren zu dürfen, auch wenn meine Schulbusfahrten noch staatlich subventioniert wurden. Ich durfte, Gott sei Dank! Und bei wem saß ich im Auto? Bei Axel! Er fuhr mittlerweile einen alten, weißen Mercedes Benz, Baujahr 1968! Die Hutablage wurde von zwei großen Musikboxen ausgefüllt. Der Innenraum vibrierte ständig. Sein Dieseltank war fast immer leer. Meistens wurde er für 5 Mark befüllt, weil Axel ständig pleite war. Auch das fand ich cool. Weniger cool fand ich, dass Axel öfter verschlief, ich zu spät kam und mir in der Schule einen Rüffel einhandelte. Dann endete meine Coolness damals abrupt.

Meine Schwester absolvierte ihre Reifeprüfung und verließ unsere Schule, um ein Medizinstudium in Aachen zu beginnen. Sie schloss die Doktorprüfung mit magna cum laude ab. Das war für mich kaum zu toppen.

Unser Verhältnis wurde nach ihrem Auszug immer besser. Vielleicht lag es daran, dass die ganzen alltäglichen Nervereien entfielen und ihr Bruder älter geworden war.

Formal ist eine Schwester ein Mensch weiblichen Geschlechts, der die Eltern mit der betrachteten Person teilt. Für mich ist meine Schwester viel mehr. Sie ist der Mensch, der bei Wind und Wetter auf der brandungsumtosten Küstenklippe das Feuer im Leuchtturm entzündet, damit der Wassermann nach seinen Tauchgängen selbst bei miesen Wetter- und Sichtbedingungen den Weg zurück an Land finden kann. Und das war öfter nötig.

Der Berliner

»Was willst du denn mal werden, wenn du groß bist, Junge?«
Darauf wusste der Wassermann keine Antwort – und die wichtigtuerischen Gesichter der Erwachsenen hingen ihm gründlich zum Halse raus.
»Ich werde Anwalt!«, antwortete ich mit 14 Jahren trotzig. Die Erwachsenen waren beruhigt.
Aus welcher Schublade der Meeresgrundbewohner das herausgekramt hatte? Ganz einfach. Ich hatte meinen Vater öfter davon reden gehört, dass er gern studiert hätte und Anwalt geworden wäre. So übernahm ich einfach seine Sehnsucht, vielleicht auch, um den Erwartungen der Erwachsenenwelt gerecht zu werden.
Dann hatte ich die Reifeprüfung in der Tasche und die erste große Liebe überlebt. Meine Interessen und das Profil der Rechtswissenschaften deckten sich nach Auskunft der netten Dame der Berufsberatung, die in unsere Schule gekommen war. Mir war mulmig, als ich den Brief mit meinen Bewerbungsunterlagen an die Zentralstelle für die Vergabe von Studienplätzen in Dortmund vor unserer städtischen Postniederlassung in den Briefkasten einsteckte. Ich hatte ihn extra durch die halbe Stadt gefahren und dort eingeworfen, um die Wahrscheinlichkeit, dass er verloren geht oder durch einen Briefkastenanschlag an einer Straße im Nirgendwo vernichtet wird, zu senken. War dies die richtige Studienwahl? Reichte mein Numerus clausus aus? In welcher Stadt werde ich landen? Werde ich das Studium schaffen? Wen werde ich kennenlernen? Diese und tausend andere Fragen malträtierten mein Hirn. Mein Verlangen, von zu Hause auszuziehen, war groß, das flaue Gefühl im Magen ebenso. Unter dem Punkt »Ortsantrag« hatte ich in den Bewerbungsunterlagen an erster Stelle West-Berlin eingetragen, dahinter Hannover und Göttingen.

In der elften Klasse hatte ich eine Studienfahrt nach West-Berlin gemacht. Der Exfreund meiner Schwester, Patrick, studierte dort bereits an der Technischen Universität, als ich ihn besuchte. Eine westdeutsche Stadt, ummauert vom ostdeutschen Ausland. Berlin soll angeblich mehr Brücken als Venedig haben. Für West-Berliner waren wir anderen »Dörfler« oder »Wessis«. Das hatte ich während meiner Kurzaufenthalte bereits verstanden. Die Verachtung stieg mit der Anzahl der Buchstaben des Autokennzeichens. Wir hatten drei.
Trubel, multikulturelles Leben. Von Anfang an mochte ich diese verrückte, einzigartige, halbe Stadt, die nicht schlief. Ich malte mir eine Zukunft als erfolgreicher, lässiger Anwalt in einem supermodernen Appartement über den Dächern Berlins aus und hatte keine Ahnung, was wirklich auf mich zukam. Zunächst folgten Wochen des bangen Wartens.
»War der Postbote heute schon da, Mama?«
»Nein, wie oft willst du mich das noch fragen?«
Endlich kam die Bestätigung eines Studienplatzes an der Freien Universität. Nun brauchte ich dringend eine Wohnung. Doch wie fand man vor der Zeit der globalisierten Kommunikationswelt ein Nest in West-Berlin? Ich rief Patrick an. Er sagte mir, was zu tun war. Über 300 Kilometer Straße waren es laut Patrick vom Haus meiner Eltern nach West-Berlin. In die ummauerte Stadt kam man nur über drei Autobahnen, nicht viel mehr Bahntrassen und mit wenigen Flugzeuglinien. Mit weichen Knien stieg ich in einen knallroten Kadett C, Baujahr 1973, mein erstes eigenes Auto. Auf dem Beifahrersitz lag eine Straßenkarte, auf der ich den Weg akribisch markiert hatte. Von unseren Nachbarn hatte meine Familie eine schaurige Geschichte gehört. Bei Nacht waren sie im Nebel von der Transitstrecke abgekommen, von der Volkspolizei aufgegriffen und unter Spionageverdacht zwei Wochen eingesperrt worden. Meine Eltern winkten hinter mir her. Ich sah sie noch im Rückspiegel, als ich

um die Ecke bog. Oh weh, Bautzen, hoffentlich komme ich nicht! Gegen sechs Uhr abends traf ich nach einer Weltreise und zwei Grenzkontrollen mit Grummeln im Bauch am Bahnhof Zoologischer Garten ein. Auf dem Meeresgrund kannte sich der Wassermann einigermaßen aus, aber das hier war etwas anderes, eine komplett andere Welt. Ich hatte mich während der einstündigen Wartezeit in der Schlange am Grenzübergang Marienborn bei Helmstedt durch die finster dreinblickenden Grenzpolizisten mit sächsischem Akzent mächtig einschüchtern lassen. Nein, natürlich hatte ich nichts zu verzollen und auch sonst niemanden an Bord. Den Sinn der Fragen verstand ich nicht. Es folgten endlose 160 Kilometer über die holprigen Betonplatten der Transitstrecke bei vorgeschriebenem Höchsttempo von 100. Am Grenzübergang Dreilinden erging es mir nicht anders als zuvor in Marienborn. Nach dem Passieren beider Grenzübergänge stand es schwarz auf gelb. Ich war da. Berlin.
Patrick hatte mich gut eingewiesen. Über die Avus und den Kurfürstendamm kam ich wider Erwarten problemlos am Zoo an. Dort wartete ich nervös im Bahnhof mit vielen Gleichgesinnten auf die Auslieferung der Berliner Morgenpost für den folgenden Sonntag. Darin sollte es die meisten Anzeigen für den West-Berliner Wohnungsmarkt geben. Ich stand in einem Pulk von Wartenden vor dem Zeitungsladen, während mein Magen eine Runde Achterbahn nach der anderen fuhr. Beim Betrachten der Eingangshalle, der großen Anzeigetafel, der Treppen und Gänge waberten mir Szenen aus dem Film »Christiane F. –Wir Kinder vom Bahnhof Zoo« durch den Kopf. Hier soll Christiane F. aus der Großwohnsiedlung Berlin-Gropiusstadt um 1974 im Alter von 14 Jahren der Prostitution nachgegangen sein, um ihren Drogenkonsum finanzieren zu können. Dies war der Schauplatz ihrer ersten großen Liebe, zum heroinabhängigen Strichjungen Detlef, gewesen. Der sphärische Soundtrack des Films,

insbesondere David Bowies Lied »Heroes«, klang in meinen Ohren nach.

Meine Träumereien wurden von dem Zeitungslieferanten jäh unterbrochen, als er die Stapel unsanft in den Eingang des Kiosks schmiss. Kaum hatte ich ein Exemplar ergattert, traf auch schon Patrick ein. Ich war so erleichtert, ihn zu sehen. Am Abend studierten wir in einer Pizzeria mit Selbstbedienung in der Turmstraße das Angebot und zogen am Sonntag in die Schlacht. Zum Glück fuhr er mich mit seinem Auto. Selbst vor den letzten, heruntergekommenen Absteigen trafen wir auf eine Traube von Menschen. Hierbei erkannte ich sehr schnell eine besondere Art Relativitätstheorie: je billiger und abgewrackter die Bude, desto größer die Traube. Ich füllte mehrere Bewerbungsbögen aus und fuhr Sonntagabend völlig frustriert wieder aufs platte Land. Wer sollte schon einem Studenten ohne festes Einkommen eine Bude geben? Wieso sollte ausgerechnet ich als eine von vielen Gestalten in der Traube den Zuschlag erhalten? Am Dienstagabend rief ein Makler bei meinen Eltern an und erlöste mich. Ich hatte einen Sechser im Lotto gewonnen. Ich konnte mich beim Anruf des Maklers noch sehr genau an die Wohnung im Arbeiterviertel Wedding erinnern. Nach der Besichtigung in der Kameruner Straße hatte ich gegenüber Patrick gewitzelt, ob sich der Vormieter wohl selbst aus dem Leben befördert hatte. Die Wohnung lag im dritten Stock eines Altberliner Mehrfamilienmietshauses und bestand aus einem Zimmer mit Loggia, Küche und Bad. Mein Vorgänger hatte – wahrscheinlich als Folge zu vieler Haschkekse – an den Wänden traumatisierende Farben, Orange, Dunkelblau, Fiesgrün und Schwarz, hinterlassen. Aber egal, ich hatte eine Wohnung!

Zwei Wochen später, nach der Erledigung des Papierkrams per Post und Bank, die Begriffe »Kaution« und »Provision« hörte ich in diesem Zusammenhang zum ersten Mal, mietete mein Vater einen kleinen Lastwagen.

Am Samstagabend wurde nach Ladenschluss eingepackt, und schon ging es los. Fast hätten mein Vater und ich Marienborn nicht passieren dürfen. Uns fehlten irgendwelche Zollformulare, von denen ich noch nie gehört hatte. Ich wäre auch gar nicht auf die Idee gekommen, dass man Mobiliar, das sich an der Grenze zum Sperrmüll befand, verzollen musste. Nachdem sich der ostdeutsche Grenzpolizist von unserer wertvollen Fracht überzeugt und Protokolle ausgefüllt hatte – und vielleicht auch aufgrund der mitternächtlichen Zeit –, ließ er uns endlich weiterfahren. Ich ließ ein Stoßgebet los.
Wir kamen nachts mit dem Umzugswagen vor meiner neuen Wohnstätte an. Mein Vater stieg aus und trat sogleich voll in Hundefäkalien hinein. In Berlin gab es viele Hunde, und das Gerücht kursierte noch aus der Zeit der Berliner Luftbrücke, dass die Vierbeiner als Notration dienen sollten. Die Gehsteige meiner Straße waren nahezu komplett vollgeschissen. Es war eine Kunst, nicht hineinzutreten. Manche Fußgänger gingen lieber auf der Kopfsteinpflasterstraße. Berlin soll die Hauptstadt der Hunde mit über 100.000 vierbeinigen Einwohnern gewesen sein, die jährlich 55.000 Tonnen Scheiße in der Öffentlichkeit hinterließen, das sind ca. 146 Millionen Tretminen. Scheiße am Hacken war für meinen Vater eine harte Prüfung. Die Fäkalien entsorgte er gekonnt an der Bordsteinkante und betrachtete danach verwundert die graue, abgeblätterte, mit Farbschmierereien überzogene Hausfassade. Einige forderten die Deutschen auf, das Land zu verlassen, andere aus der braunen Ecke forderten die Ausländer auf, Deutschland zu verlassen. Die meisten konnte ich überhaupt nicht entziffern. Die Eingangstür zum Haus stand offen, das Schloss war kaputt. Das Klingelbrett ließ meinen Vater den Kopf schütteln. Es war verschmolzen. Später erfuhr ich, dass Haarspray und ein Feuerzeug Wunder wirken können. Während wir mein Hab und Gut, hauptsächlich alte Möbel meiner Eltern, nach oben trugen, kam ein Mann hinter uns die Treppe

hoch. Auf seiner Schulter prangte ein großer Kassettenrekorder, aus dem schrammelige Musik herauswummerte. Er brabbelte etwas. Dann waren nur noch Poltern und Krach zu hören. Der Mann, ein Hausbewohner wie sich herausstellte, war gestürzt und einige Stufen hinabgefallen. Ernsthafte Schäden hatte er wohl nicht davongetragen. Er verschwand ein Stockwerk weiter unten in seiner Wohnung.
Mein Vater sah mich eindringlich an.
»Junge, hier bleibst du nicht. Du kommst wieder mit nach Hause!«
Ich blieb natürlich doch. Mein Vater fuhr noch in derselben Nacht zurück, und ich war froh, dass er auf der Rückfahrt nicht eingeschlafen war. Nun war ich allein in meiner ersten eigenen Wohnung inmitten von 1,5 Millionen anderen Menschen, die für mich eine undurchsichtige, graue Wand bildeten. Je grauer mir diese Wand erschien, desto lieber tauchte ich auf den Meeresgrund hinab und ließ den vertrauten Schlick durch meine Finger gleiten.
Mit der Zeit lernte ich, dass meine türkischen Mitbewohner wesentlich freundlicher waren als die deutschen. Mit dem besonderen Charme Berlins sollte ich bereits am ersten Morgen Bekanntschaft machen. In der Bäckerei an der nächsten Ecke bestellte ich Brötchen, wie ich es schon so oft für meine Familie getan hatte.
»Ham wa nich!«, bekam ich von der Verkäuferin, einer Frau jenseits der Fünfzig, zurück.
Verdattert zeigte ich auf die Brötchen in der Auslage.
»Nee, nee, junger Mann, dit sint Schrippen!«
»Berlin, Berlin, wir fahren nach Berlin!«, ist der Schlachtgesang der Fans im deutschen Fußballpokal. So oft hatte ich ihn im Fernsehen durch die Stadien hallen hören. Der Wassermann war nicht auf einer Studienreise oder einem kurzweiligen Besuch in der ummauerten Stadt, jetzt wohnte er hier.

Berlin erschien mir als Teil einer riesigen Neonwelt in kühlen Farben mit einem permanenten bläulichen Unterton, obwohl es August und die Stadt grün war. In Wedding waren die meisten Häuser grau und unsaniert. Allein Graffitis brachten Farbe an die Hauswände. Nahezu alles war beschmiert. Überall Hundescheiße. Die Stadt wirkte auf mich kalt, nicht cool. Es gab viele Parkanlagen, aber vor allem Bäume in den Straßen. Trotzdem konnte ich keine frische Brise einatmen. Um mich herum schien alles zu pulsieren. Ich versuchte, danach zu greifen, aber es gelang mir nicht, es zu erreichen. Menschen huschten wie Phantome an mir vorbei. Alles rieselte durch meine Finger hindurch. Ich konnte niemanden fassen. Die Berliner lächelten nicht, waren mit sich selbst beschäftigt und nahmen keine Notiz von mir. Die koddrige »Berliner Schnauze«, die zu allem und jedem ihren Senf dazugeben musste und ein paar lockere Sprüche drauf hatte, war mehr als gewöhnungsbedürftig. Sie erschien mir als Niedersachse und »Karl Korrekt« frech und unverschämt.
»Hatter denn den Fünfer nich'n bisken kleener?« beim Bäcker,
»Na, hammwa nu det richt'je Jesöff jewählt?« in der Eckkneipe,
»Da warn wa wohl'n bisken fix, wa?« beim Umbestellen oder
»Du glotzt ma an, hau ab, du machst mir noch krank!« auf der Straße ließen meine Ohren klingeln.
Manchmal verstand ich die Berliner auch einfach nicht. »JWD« war über die Grenzen Berlins bekannt, doch wussten Sie, dass es »Janz weit draußen« bedeutet und der Urberliner damit alles hinter der Stadtgrenze und nicht die Pampa in Südamerika meint?
Es gab für den hungrigen Wassermann so viel zu entdecken, zu erleben, zu tun, zu lieben. Und doch hatte ich noch keinen Zugang zu Berlin gefunden.
Nach ein paar Wochen wurde der Leidensdruck zu groß. Aus Verzweiflung und Langeweile ging ich am Freitag-

abend in die Nachtvorstellung eines Kinos um die Ecke. Ich war zuvor noch nie allein im Kino gewesen. Es hatte mich Mut gekostet, mir einzugestehen, dass ich allein war, es auch nach außen für jeden erkennbar zu zeigen und eben nicht in einer Clique vermeintlich selbstsicher auftreten zu können. Das Kino lag in einem abrissreifen Haus und sah innen genauso renovierungsbedürftig aus. Es liefen keine aktuellen Popcornkinohits, sondern alte Streifen als Teil einer kulturellen Retrospektive. Ich entschied mich für Peter Sellers in »Dr. Seltsam oder: Wie ich lernte, die Bombe zu lieben.« Sellers spielte darin gleich drei Rollen. Es ging um einen Atomkrieg und eine Weltvernichtungsmaschine zur Zeit des Kalten Krieges. Ich kannte den Film schon und schlief nach zwei Büchsen Bier ein. Die Büchsen hatte ich aus Kostengründen reingeschmuggelt. Beim Abspann und mit fadem Biergeschmack im Mund wachte ich im fast leeren, riesigen Kinosaal 1 auf. Was sollte ich nun mit mir anfangen? Zu Hause wäre ich weiter in den Schlund der Einsamkeit gefallen. Im Foyer kaufte ich mir dann doch noch ein Bier, um mir Mut anzutrinken.

Während unserer Studienreise nach Berlin einige Jahre zuvor hatte ich mich mit Schulkameraden nachts davongestohlen und war in der Diskothek »Linientreu« gelandet. Kurz entschlossen machte ich diese nun erneut zu meinem Ziel. Nervös betrat ich die U-Bahn-Station Seestraße und studierte die Liniennetzkarte, was eine Wissenschaft für sich war. Ich musste nur einmal am Leopoldplatz mit Ziel Zoologischer Garten umsteigen. Es erschien mir wie eine Weltreise. Nachdem ich einen Fahrschein gelöst hatte, eine weitere Wissenschaft, saß ich mit meiner Bierbüchse in der U-Bahn eingeschüchtert zwischen einer Menge lauter, aufgeregter und besoffener Nachtmenschen. Ich versuchte, niemanden zu sehr anzustarren, um keinen Ärger zu bekommen. Den Weg vom Zoo zum Linientreu kannte ich noch. Vom Breitscheidplatz immer geradeaus.

Die Disco war in Waver-Kreisen weit über die Grenzen Berlins hinaus bekannt. Das Linientreu, der vollständige Name lautete Tanz-Arena Linientreu, lag im Keller des Bikinihauses in der Budapester Straße gegenüber dem Europa-Center und der Gedächtniskirche. Berühmt war die große, runde, mit silbernen Metallplatten belegte Tanzfläche im Hauptraum, die von zwei bis drei Sitzreihen wie in einem Amphitheater umsäumt wurde. Auch das ausschließlich in Schwarz, Weiß oder Silber gehaltene Inventar kannte man. Das Linientreu war zu dieser Zeit eine der angesagtesten Discos der Stadt mit einer musikalischen Mischung aus New Wave, Dark Wave, Electro Wave, Punk und Rockabilly. Sobald früh morgens die Lichter angingen, stoben die Kreaturen der Nacht auseinander, als hätten sie wie Vampire Angst vor dem Tageslicht.

Ich stellte mich an der Schlange an, wartete, zahlte 5 Mark Eintritt und stand ganz allein mitten im Leben.

Diskotheken an sich waren mir nicht fremd, kein unbekanntes Terrain für mich. Doch war ich noch nie allein ausgegangen. In meiner Heimat konnte ich mir immer sicher sein, jemanden zu treffen, wenn ich unverabredet tanzen ging. An der Bar bestellte ich ein Beck's Bier und zahlte 3 Mark. Zu tanzen traute ich mich nicht. So stand ich an eine der großen Boxen gelehnt im Durchgang zur Tanzfläche und betrachtete die Gäste. Mein Blick blieb bei einer Frau hängen, die auf der anderen Seite im Durchgang stand. Sie hatte unendlich lange, schlanke Beine, die in einem knappen rot karierten Schottenrock endeten. Ich konnte mich nicht erinnern, jemals so faszinierende Beine gesehen zu haben. Eine durch und durch attraktive Frau mit langen rotblonden Haaren und süßen Sommersprossen. Da ich nichts Besseres zu tun hatte, beobachtete ich sie den Abend über. Sie schien einige Leute zu kennen, aber nicht in männlicher Begleitung zu sein. Ihre Bewegungen auf der Tanzfläche waren spartanisch elegant. Ich wusste nicht, was ich tun sollte. Ich

hatte schon eine ganze Weile keinen engeren Kontakt mehr zu Frauen gehabt. Nach langer Zeit des Haderns und Zauderns und stundenlangem inneren Kampf durchquerte ich endlich den Raum und sprach die Frau an. Mein Kopf hatte mir immer wieder gesagt, dass sie mich nur abblitzen lassen konnte und ich am ersten Ausgehabend in Berlin wie ein Idiot dastehen würde.
»Ich habe noch nie so schöne Beine gesehen!«, fiel ich mit der Tür ins Haus. Wer kennt schon einen originellen Anmachspruch?
»Du hast etwas verloren, ich gebe es dir zurück!«, wobei ein Zettel mit der eigenen Telefonnummer übergeben wird.
»Und ich dachte, ich sei schön!«
»Du hast wunderschöne Lippen. Kann man die küssen?«
»Du musst der Grund für die globale Erderwärmung sein!«
»Bist du eine Außerirdische? Du kannst nicht von diesem Planeten sein!«
»Bist du ein Dieb? Du hast mein Herz gestohlen!«
Gott sei Dank ließ mich die Traumfrau nicht abblitzen – ich musste also nicht zerstört nach Hause kriechen. Nicole unterhielt sich nett mit mir, und ich durfte auch einmal mit ihr tanzen. Ich wünschte, dieser Abend möge nie enden. Endlich stand ich mal mit einem Fuß in der Tür Berlins. Als die Lichter gegen 06.30 Uhr angingen, fragte Nicole mich, ob ich noch zusammen mit ihr und einem Bekannten im Schwarzen Café frühstücken gehen wolle. Und ob ich wollte! Mir war es egal, ob es sich bei diesem Bekannten, Marius, um eine »Anstandsdame« handelte oder nicht. Ich war überaus glücklich. Das Schwarze Café lag fußläufig erreichbar in der Kantstraße und war ein Mekka für Nachtschwärmer, da es 24 Stunden geöffnet und faire Preise hatte. Der Name rührte von schwarz gestrichenen Wänden her. Hier saß ich also nun mit Nicole und Marius. Es war eine überaus nette Plauderei. Gegen 09:00 Uhr trennten wir uns. Nicole hatte mir ihre

Telefonnummer gegeben. Den Zettel steckte ich vorsichtig wie einen Schatz in meine Hosentasche. Marius hatte denselben Heimweg wie ich. Wunderbarerweise wohnte er nur zwei Straßenzüge von mir entfernt ebenfalls im Afrikanischen Viertel. Er war ein Jahr älter als ich und gehörte zu den New Romantics. Die hießen bei uns in Hannover New Waver. Wir unterhielten uns auf der Rückfahrt über Musik und stellten geschmackliche Übereinstimmungen fest. Er kannte sich aber viel besser aus. Auch Marius gab mir bei unserer Verabschiedung auf dem U-Bahnhof Seestraße seine Telefonnummer.
Übermüdet und gleichzeitig aufgekratzt ging ich mit meiner Beute, zwei Telefonnummern, an den Tretminen vorbei nach Hause.

Der Student

Die Freie Universität Berlin wurde 1948 gegründet und umfasst heute mehr als 100 Studienfächer mit rund 31.000 Studierenden. Der Campus besteht aus diversen Gebäudegruppen, die fußläufig zu erreichen sind, und orientiert sich am amerikanischen Universitätskonzept. Bei der Gründung im Nachkriegsdeutschland war das neu. Das Unigelände liegt im gediegenen Villenstadtteil Dahlem im Südwesten Berlins und ist wahrscheinlich halb so groß wie meine Heimatstadt. Der Fachbereich Rechtswissenschaft befindet sich unweit des Hauptgebäudekomplexes, der wegen der (einst) durchgerosteten Fassade liebevoll auch »Rost- und Silberlaube« genannt wird.
In Berlin lebten 1987 20.000-mal so viele Personen wie in meinem Heimatort, an der FU lernten 8.857-mal so viele Menschen wie auf meinem Gymnasium. All das schüchterte den Wassermann mächtig ein. Natürlich war ich schon in Hannover, München, Hamburg und auch in Berlin gewesen, waren meine Eltern mit uns Kindern viel ins Ausland gereist. Das hier war eine ganz andere Liga. Ich war nicht zu Besuch hier oder in den Ferien, ich hatte keinen Aufpasser, niemanden an meiner Seite, den ich fragen konnte. Ich war schlicht und einfach auf mich allein gestellt. In wichtigen Dingen konnte ich Patrick fragen. Doch der hatte sein eigenes Leben – und ich meinen Stolz.
Bei der Immatrikulation bekam ich einen ersten Vorgeschmack. Alle um mich herum waren hektisch, mit sich und ihrer Mission beschäftigt. Wahrscheinlich ging es ihnen ebenso wie mir. Ich irrte durch die Gänge, musste mich durchfragen, bis ich endlich das zuständige Büro gefunden und alle Papiere beieinanderhatte. Bis zu diesem Zeitpunkt war ich, von den ZVS-Unterlagen abgesehen, nur selten Formularen begegnet. Der Aufbau, die

Sprache, die Kästchen waren eine Wissenschaft für sich. Ich war mehr als verkrampft und schließlich heilfroh, als ich wieder in meinem roten Kadett saß und Richtung Afrikanisches Viertel fuhr. Es war ein Erfolg, wenn ich mich nur ein paar Mal verirrte. Wenn man begreift, in welcher Himmelsrichtung die Verwaltungsbezirke in Berlin liegen, läuft es mit der groben Orientierung ganz gut. Davon war ich noch weit entfernt.
Stolz betrachtete ich den Studentenausweis in meinen Händen und legte ihn auf meinen Tisch. Die Aufnahme meines Studiums in Berlin war von Glücksmomenten, durch den Stolz, etwas hinzuzubekommen, und vor allem von Einsamkeit geprägt.
Die Kleinigkeiten des Alltags waren meine Abenteuer, mit denen ich allerdings keinen Blumentopf gewinnen konnte. Ich hatte keine Räuber oder Diebe in die Flucht geschlagen, keinen Drachen getötet, weder eine Prinzessin aus einem Verließ noch die Welt vor einer Umweltkatastrophe oder der nuklearen Vernichtung gerettet. Mit dem Auto vom Wedding nach Dahlem zu kommen, mitten in der Stadt auf einer Autobahn zu fahren, einen Parkplatz zu finden, zentimetergenau einzuparken (das gab es auf dem platten Land nicht), einer unter vielen, vielen Menschen zu sein, die ständige Geräuschkulisse einer Großstadt, Graffitis, Dreck, Hundekot, überfüllte Supermärkte, die Berliner Schnauze und vieles mehr auszuhalten, dem Drang zu widerstehen, einfach alles hinzuschmeißen, das waren meine tagtäglichen Herausforderungen. Jeder kleine Flecken dieser neuen Welt, den ich erkundete und der mir vertrauter wurde, tat meinem Selbstbewusstsein gut und bescherte mir kurze glückselige Momente. Für mich kam es ohnehin nicht infrage, aufzugeben. Versager werden nicht geliebt, und Indianer kennen keinen Schmerz. Ich musste da durch, so oder so.
In mir blinkte eine Warnlampe. Das Studium war kein Abenteuerspielplatz, sondern eine Weiche für Erfolg oder Misserfolg in meinem Leben, für meinen späteren

Lebensunterhalt. Wozu war ich schließlich 13 Jahre zur Schule gegangen und hatte mich mit Chemie, Geschichte, Latein und Altgriechisch gequält?
Der Wecker klingelte. Ich stand auf. Ich duschte. Ich cremte mich ein. Ich sah wegen des Wetters aus dem Fenster und zog mich an. Ich trank ein Glas Kakao. Ich verließ meine Wohnung, fuhr zum Campus, nahm an Vorlesungen in großen, überfüllten Sälen teil, saß in der Bibliothek, fuhr zurück. Meistens kaufte ich bei Aldi Haushaltsartikel, Cola, Gulasch- oder Hühnersuppe, Rinder- oder Kohlrouladen aus der Dose und Nudeln ein. Ich ging die Treppe hoch, schloss auf, zu und war wieder ganz allein auf dem Meeresgrund. Tagaus, tagein. Aus langer Weile sah ich fern oder lernte sogar. Nun war es an mir, meine Wäsche zu waschen, einzukaufen, sauber zu machen und mein Leben zu organisieren. Davor warnen Eltern ihre Kinder. Ich hatte nur mit halbem Ohr zugehört. Ich war auf mich selbst gestellt.
Ich starrte das hässliche, grüne Standardtastentelefon der Post an, Modell FeTAp751. Es gab nur selten einen Ton von sich. Einmal in der Woche riefen Vater, Mutter oder Schwester an. Manchmal auch ein Freund oder ein Kumpel von früher. Die waren mit ihrem neuen Leben beschäftigt. Ich traute mich gar nicht zu erzählen, dass es mir nicht gut ging, ich mich einsam fühlte. Das Geld war knapp.
Endlich klingelte das Telefon. Es war Marius, der mich zu seiner Geburtstagsfeier am kommenden Wochenende einlud. Das war meine erste private Feier in Berlin. Am nächsten Samstag war ich total aufgeregt. Was sollte ich anziehen? Ich blieb bei meinen Leisten, spitze Schuhe, Reiterhose, Rollkragenpulli, alles in Schwarz. Was sollte ich mitbringen? Sekt, Wein, Bier? Keine Ahnung.
Marius' Wohnung lag nur geschätzte drei Minuten zu Fuß von mir entfernt, soviel wusste ich nach dem Studium des Stadtplans. Ich wollte nicht der erste, aber auch nicht der letzte Gast sein. Im Dunkeln und bei dem

schwachen Laternenschein war das so eine Sache mit den Tretminen. Bloß nicht in eine reintreten und sich damit auf der Feier total blamieren. Vor dem Haus kontrollierte ich noch einmal meine Schuhsohlen. Alles in Ordnung. Ich drückte auf die Klingel. Nichts tat sich. Wahrscheinlich hörte sie niemand. Nach dem dritten Klingeln summte endlich der Türöffner. Berliner Altbau, fünfter Stock, kein Fahrstuhl. Oben angekommen war ich leicht außer Atem, Marius stand in der Tür. Ich begrüßte ihn unbeholfen und drückte ihm mein Mitbringsel in die Hand, eine Flasche Sekt von Aldi.
»Fühl dich wie zu Hause!«
Seine Worte taten mir gut und waren ein gutes Intro für den Abend.
Die Zweizimmerwohnung war gut gefüllt, an die dreißig Leute, alles Szene, Frauen und Männer. Für Bier war gesorgt. Ich nahm mir eine Flasche Schultheiß und schlenderte durch die Wohnung. Marius war längst im Gewühl verschwunden. Später gab es an der Tür Ärger. Irgendwelche Gestalten hatten von der Party gehört und wollten sich selbst einladen, damals eine typische Berliner Unsitte. Dann war das Klo verstopft. Alle riefen nach Hugo. Das schien der Mann für solche Fälle zu sein. Zwischen den anderen hindurch sah ich, wie er mit bloßer Hand ins Klo griff und die Verstopfung beseitigte. Marius stellte mich im Laufe des Abends dem einen oder anderen vor, wobei ich stets der »Wessi« war. Ich gesellte mich zu verschiedenen Gruppen und versuchte unauffällig, dazuzugehören. Kommentare vermied ich weitgehend, um nichts Dummes zu sagen. Getanzt wurde zu meinem Leidwesen nicht. Dann hätte ich leichter in Kontakt kommen und mich vom Gefühl, ein Fremdkörper zu sein, ablenken können. Gegen 2:00 Uhr ging ich nach Hause. Alles in allem war es ein erfolgreicher Abend gewesen. Ich hatte meinen ersten Auftritt nicht vermasselt. Am nächsten Tag bedankte ich mich telefonisch bei Marius, woraus sich ein stundenlanges Telefonat, der

dritte Schritt in Richtung unserer Freundschaft, entwickelte – nach dem Schwarzen Café und der Einladung zur Party. Nicole mit den süßen Sommersprossen traf ich einige Male, bevor wir uns aus den Augen verloren. Sie hatte einen Freund.

Marius machte mir ein besonderes Geschenk und führte mich ein paar Monate später in die sagenumwobene Welt des Rollenspiels ein, das in seinem Freundeskreis, insbesondere von Toni und Lukas, gespielt wurde. Dungeons & Dragons war 1974 in den Vereinigten Staaten herausgekommen und lief ausschließlich in den Köpfen der Mitspieler ab. J. R. R. Tolkiens Roman »Der Herr der Ringe« hatte für diese Fantasy-Spielwelt Pate gestanden. Bis zu fünf Männer saßen stunden- und nächtelang um Marius' Wohnzimmertisch auf schwarzen Ledergarnituren herum. Unter der Anleitung eines Spielleiters, des sogenannten Meisters, wurden sie in ihren Köpfen zu Kämpfern, Dieben, Zauberern, Klerikern, Zwergen, Gnomen oder Halblingen und vertilgten dabei, aufgeregt wie kleine Kinder, Unmengen an mitgebrachten Süßigkeiten oder gelieferten Pizzen. Das Zimmer sah anschließend immer wie ein Schlachtfeld aus. Der Meister erschuf in unseren Köpfen vergessene Reiche, Landschaften, Labyrinthe, Begegnungen und vor allem Kämpfe und Schlachten mit dem Bösen. Mein erster Charakter war ein naiver, lebenslustiger, tollpatschiger, 85 Zentimeter kleiner Halbling namens Bilbo Beutlin. Es bereitete dem Wassermann unendliche Freude, Pause von sich selbst und den Spielen im Schlick machen zu können. Mit Begeisterung rannte ich als Halbling in die mit Speerspitzen gespickte Falle, obwohl der Wassermann sie schon geahnt hatte. Wir kämpften gegen böse, schwarze Drachen, um an deren Hort zu kommen, stürzten Königreiche oder retteten sie, pfählten (mit Ausnahme des Halblings) Orks mit einem Lanzenangriff, spießten Goblins auf und schlugen Dunkelelfen den Kopf ab.

Die Bilder der Schlachten ähnelten denen aus meinen Kindheitstagen, wenn ich das Tapetenmuster über meinem Bettchen betrachtet hatte. Neben unseren Charakterbögen, auf denen die Eigenschaften und Fähigkeiten festgehalten wurden, und den Würfeln brauchten wir in diesem fiktiven Spiel nur einen Gegenstand, an den wir uns mit unseren Augen festhalten, den wir mit unseren Fingern berühren konnten. Jeder von uns hatte eine Zinnfigur dabei, die seinem Helden ähnlich sah. Die meisten waren liebevoll bemalt. Diese Figuren standen auf der Mitte des Tisches als Gruppe zusammen. Ich holte mir hatte so manches Erfolgserlebnis, wenn ich zehn Untote besiegte. Es war für mich nicht nur wichtig, für Stunden den Schlick vergessen zu können. Ich saß im Kreis von Freunden und spielte in einer Gruppe von Helden, in der man sich vor allem aufeinander verlassen musste. Das wünschte ich mir im realen Leben. Nur einmal ließen wir einen Gnom in unseren Reihen sterben, der mehr als garstig war.

Meine Freunde, allen voran Marius, kamen auf die Idee, im Keller eines ehemals besetzten Hauses in Moabit einmal im Monat eine eigene Szeneparty zu veranstalten. Natürlich war ich dabei. Der Raum lag in einem heruntergekommenen Keller. Die Wände waren aus unverputztem, altem, dunklem Backstein. Der Mörtel bröckelte, es lief feucht die Wände runter und roch moderig. Die Toiletten waren im Erdgeschoss des Nebengebäudes und eine einzige Katastrophe. Alles wurde improvisiert. Wir liehen uns das gesamte Equipment, meist gegen Entgelt, Plattenspieler, Verstärker, Mischpult, Boxen, Nebel- und Lichtanlage. Die Getränke karrten wir selbst heran, schrieben die Getränkeliste per Hand. Nachdem wir alles vorbereitet hatten, öffneten wir an einem Samstagabend die Pforten. Neben unserer Eigenwerbung im Bekanntenkreis hatten wir in den Stadtmagazinen Tipp und Zitty kostenlos annonciert und wurden vom Andrang total überrascht. Wir zählten im Laufe des Abends über

300 Gäste. Hier stand ich Landei also mit einem Stempel in der Hand, den irgendwer aus seinem Kindernachlass hervorgekramt hatte, und drückte Großstädtern Schweinchen auf den Handrücken. So viele spitze Schuhe, Lackstiefel, ganze Horden in Schwarz, geschminkte Gesichter und sogar ein grobmaschig gestricktes Kleid. Später half ich Marius bis in die Puppen hinter den Plattenspielern. Die Stimmung war prächtig, von Anfang an tanzten alle. Ich konnte die Finger nicht vom Knopf der Lichtmaschine lassen. Marius begann schon, zu schimpfen. Recht hatte er, die Luft war eh schon zum Schneiden. Aber »Swimming Horses« oder »Israel« von Siouxsie and the Banshees, »Heroes« von Bowie, »New Dawn Fades« von Joy Division und, okay, okay, Marius hatte ja recht. Wir produzierten auch nur zwei Stromausfälle. Einmal flog die Sicherung raus, als Marius hinter dem Mischpult auch noch einen Ventilator ans Netz gehen ließ. Beim anderen Mal stolperte jemand so arg über die quer über den Boden führende Kabellage, dass das Isoband riss und der Verbindungsstecker rausflog. Es war eben alles ein bisschen improvisiert. Am nächsten Morgen sahen wir uns aus übermüdeten Augen ungläubig an. Der Abend war ein Riesenerfolg für uns und schmiedete für Jahre zusammen. Der Erlös kam dem gemeinnützigen Verein zugute, der das ehemals besetzte Haus verwaltete. Im Laufe der Zeit fanden unsere Freundinnen, meine hieß Anna, zueinander. Wir nannten sie liebevoll »unsere Frauen«. Es ist einfach großartig, wenn sich in einer Clique auch noch die Mädchen gut verstehen. Das hatte ich bis dahin nicht gewusst. Alle Feierlichkeiten außer Heiligabend begingen wir gemeinsam. Auch im kleinen Kreise kam es zu partyähnlichen Abenden, an denen viel getanzt wurde. Ich war überglücklich, eine solche Clique gefunden zu haben. Marius' Freunde, Toni und Lukas, waren Schritt für Schritt auch zu meinen geworden. Marius war mein Fuß in der Tür Berlins.

Anna und ich hatten uns im Studium kennen und lieben gelernt. Wir waren acht Jahre lang ein Paar, von denen wir sieben zusammenwohnten. Wir hatten eine Zweieinhalbzimmerwohnung in Steglitz nahe dem Rathaus gefunden. Anna war so etwas wie meine erste Ehefrau ohne Trauschein, unsere Kinder waren zwei Katzen. Es machte sie traurig, wenn der Wassermann im Schlick spielte, denn sie dachte, sie mache mich nicht glücklich genug. Ansonsten wurde unsere Beziehung von Liebe und Vertrauen getragen. Am Ende stand kein Betrug oder Skandal, sondern einfach ein Ermüdungsbruch.
Eigentlich hätte ich einfach nur glücklich oder zumindest zufrieden sein müssen, oder? Mein Leben schien doch wunderbar zu sein. Ich wohnte mit einer tollen Freundin in einer wunderbaren Stadt, die 1989 mit der Wiedervereinigung noch interessanter, pulsierender wurde. Am Tag des Mauerfalls war ich abends wie so viele zum Brandenburger Tor gefahren, bekam den Mund nicht mehr zu und erlebte einen Teil der Weltgeschichte hautnah und zum Anfassen. Berlin veränderte sich unaufhörlich von Tag zu Tag
Ich studierte Jura, hatte meine Vorliebe für Strafrecht entdeckt und das erste Staatsexamen zufriedenstellend bestanden. Ein Referendariat war bereits in Aussicht. Ich war Teil einer feinen Clique mit großartigen Freunden und Mitausrichter einer angesagten Szeneveranstaltung. Durch das Fantasy-Rollenspiel konnte ich ein- oder zweimal wöchentlich meiner Gedankenwelt entfliehen und entspannen. Ich war gesund. Alles im Lot.
Was führt dazu, dass ein Mensch unzufrieden bleibt oder wird? Warum verneinen manche von uns alle (erkennbaren) positiven Ansätze und machen sich dem Nihilismus Untertan? Wieso taucht der Wassermann immer wieder zum Meeresgrund und kann die Finger nicht vom Schlick lassen?

Schlick in meinen Händen I

»Warum bist du hier?«
[Schweigen]
»Warum bist du denn hier?«
»Ich wohne hier.«
»Ich meine: hier auf diesem Planeten!«
»Biologisch? Weil es meine Eltern miteinander getrieben haben!«
»Ist das alles?«
»Ich bin müde, gestern Abend ist es ganz schön spät geworden.«
»Ich bin auch müde.«
»Du warst doch gestern Abend gar nicht weg!«
»Meine Augen sind müde.«
»Wie meinst du das denn nun schon wieder?«
»Manchmal kommt es mir so vor, als würden die Dinge für mich an Farbe und Intensität verlieren. Alles verblasst um mich herum. Die Rose ist nicht mehr so rot, der Hundewelpe nicht mehr so süß, die Sonne nicht mehr so sonnig.«
»Ganz schön abgefahren. Klingt wie ne Krankheit der Augen.«
»Nicht schlecht, ich denke Langeweile ist eine besonders gefährliche Krankheit. Wahrscheinlich frisst sie gerade meine Seele auf.«
»Hat einen Vorteil. Du wirst leichter!«
»Wieso?«
»Beim Verlust der Seele reduziert sich das Leben um die Hälfte.«
»Aha ...«
»Bin ich zu abgefuckt oder empfindlich?«
»Der Wald stirbt sauer, die Welt rüstet sich zu Tode und kein Arsch kümmert sich um den anderen. Was erwartest du also von mir?«
»Das ist keine Antwort auf meine Frage!«

[...]
»Warum bist du denn gelangweilt?«
»Ich denke, dass ich alles schon erlebt habe. Ich habe gelebt, geliebt, bin gereist, habe alle meine Ziele erreicht. Vielleicht ist alles, was kommt, nur ein billiger Abklatsch. Was soll noch kommen?«
»Das ist doch das Schöne am Leben. Wir wissen nicht, was kommt.«
»Und wenn ich feststelle, dass alles nur ein Plagiat ist?«
»Plagiat passt hier nicht. Es ist doch dein Leben.«
»Okay. Surrogat. Was ist, wenn ich immer weiter abnehme?«
»Dann verschwindest du. Du kommst aus dem Nichts. Du gehst ins Nichts. Was also hast du verloren?«
»Starker Tobak!«
»Es ist doch immer eine Sache des Blickwinkels.«
»Was meinst du damit?«
»Die Sache mit dem Wasserglas. Wenn du sagst, du bist gelangweilt, hört sich das für mich nach Unzufriedenheit an. Die Ursachen liegen in dir, deinen Einstellungen. Wenn die Sache mit dem Nichts für dich okay ist, ist das auch kein Thema für dich. Wenn die Sache dir zu schaffen macht, kannst du dich gern an ihr aufbrauchen.«
»Da sind wir wieder am Ausgangspunkt. Warum bist du hier?«
»Keine Ahnung, um das Beste daraus zu machen?«
»Was ist das Beste?«
»Das ist doch deine Realität, deine Wahrheit!«
»Es gibt keine Realität oder Wahrheit. Nichts auf dieser Welt wird durch zwei Menschen gleich gesehen oder empfunden. Menschen machen gern irgendetwas krampfhaft zur allumfassenden Realität, aus Angst, mit ihrer eigenen Wirklichkeit einsam und allein auf weiter Flur zu stehen. Und dann erzählen sie dir, dies oder das sei wahr. Was ist schon Wahrheit? Jeder hat seine eigene. Das wird aber nicht gesehen. Jeder will jeden überzeugen und seine Dinge zu denen von anderen machen.«

»Netter Versuch. Das ist doch genau der Punkt. Deshalb sprach ich von Deiner Realität und Wahrheit!«
[Pause]
»Manchmal wünsche ich mir, ich wäre stulle oder zumindest so dumm, dass ich es nicht merke!«
»Was soll das denn?«
»Ich wäre mit weniger zufrieden, hätte einen tiefergelegten GTI, ein blondes Mäuschen mit knackigem Po, und mein einziges Problem wäre, dass mein Nachbar dickere Ofenrohre unter seiner Karre hat…«
»Blödsinn, dass würde dich dann vielleicht genauso runterziehen wie jetzt der Kalte Krieg, das nukleare Wettrüsten, der saure Regen oder dein Zynismus. Alles ist irgendwie heftig.«
»Hast du dir nie gewünscht, dümmer zu sein?«
»Nein. Ich bin gern so. Bin ich deswegen ein Narzisst?«
»Keine Ahnung. Aber wenn du anderen erzählst, du findest dich okay, wittern alle gleich Stallgeruch. Denk an Majas Vortrag neulich. Als sie sagte, dass sie nicht schlecht aussieht, gut gebaut ist, sich anzuziehen weiß und drei gerade Sätze sprechen kann und nicht versteht, warum sie keinen Freund findet, wurde sie von allen hingerichtet. Jonathan hat sogar von narzisstischer Persönlichkeitsstörung gesprochen.«
»Man ist sofort in dieser Ecke. Das ist das miese Erziehungsprinzip in Deutschland, wenig loben, viel kritisieren, Kinder auffordern, sich an Besseren zu orientieren, höher, weiter, schneller…«
»Der ewige Leistungsdruck. Die scheiß Definition über Äußerlichkeiten. Mein Haus, mein Auto, mein Tennisclub, meine Karriere, Titel, Frau, Kinder … meine Krankheiten, Sorgen, Schulden und Geliebte werden gern vergessen. Ganz zu schweigen von dem, was einen Menschen wirklich ausmacht.«
»Jupp, und genau in dieser Reihenfolge. Wir lernen nicht, uns selbst zu mögen, zu lieben. Bei Liebe haut man uns sowieso voll in die Ecke des Narzissten!«

»Ja.«
»Die Zukunft noch nicht fürchten, die Vergangenheit noch nicht bereuen. Kind sein.«
»Ich möchte nicht noch einmal Kind sein, die ganze Scheiße noch mal durchmachen.«
»Ich auch nicht, aber ich würd gern so alt bleiben wie jetzt.«
[...]
»Magst du dich?«
»Nur über meinen Anwalt!«
[Schweigen]
»Warum bist du nun hier?«
»Ich habe mal gelesen, der Sinn des Lebens ist der, den wir ihm selbst geben. Daran glaube ich. Der Sinn wandelt sich.«
»Was ist denn zurzeit dein Sinn?«
»Ich möchte einmal am Ende zurückschauen und sagen, dass ich alles richtig gemacht habe, nichts bereue, aber aus einer Ex-ante-Sicht. Ex post wissen wir eh immer alles besser, posthum kann es uns vollkommen egal sein.«
»Das ist keine Antwort, du weichst aus!«
»Kann sein. Vielleicht weiß ich es nicht. Warum müssen wir auch immer alles verstehen, warum können wir die Dinge nicht einfach so stehen lassen?«
»Weil der Sinn deines Lebens dich trägt und du ohne seinen Namen wie ein Vollhirn durch die Gegend irrst, weder deinen Weg noch nach Hause findest!«
»Okay, mal andersherum. Warum bist du hier?«
»Um dich zu nerven. Spaß beiseite. Ich weiß es auch nicht. Biologisch ist das Ding mit der Herkunft klar. Wahrscheinlich gibt es gar keinen übergeordneten Sinn im Leben, außer dem, sich zu vermehren. Vielleicht geht es tatsächlich nur um Urtriebe. Da die meisten in Deutschland keine existenziellen Probleme mehr haben, wenden wir uns aus Zeitluxus und Überfluss den essenziellen Dingen zu. Meinst du, wir würden hier sitzen und

palavern, wenn du wie vor hundert oder zweihundert Jahren einen kleinen Bauernhof mit Frau und Kindern hättest, um vier Uhr morgens aufstehen müsstest, um abends um sieben Uhr total erledigt ins Bett zu fallen und nicht zu wissen, ob du deine Ernte durchbringst, ob du deine Pacht bezahlen und deine Familie ernähren kannst? Wenn es normal wäre, dass mindestens eines deiner Kinder vor dir stirbt?«
»Wahrscheinlich nicht ...«
»Siehst du, vielleicht ist das die Krux und der Grund für meine Augenkrankheit. Deswegen verschwindet meine Seele, und ich löse mich ins Nichts auf. Ich langweile mich eben.«
»Die Seele will sich weiterentwickeln. Sie sucht die Unzufriedenheit, weil die zufriedene Seele ruht. Aber ich bin jetzt echt müde.«
»Okay, ich haue schon ab.«
»Scheiße, Alter, reite kein totes Pferd! Ich hau mich jetzt wirklich hin.«
»Machs gut.«
»Eins noch, eine alte Kriegslist besagt: Umarme deine Feinde, sodass sie regungslos sind!«
»Ja und?«
»Vielleicht solltest du dich mal selbst umarmen!«
[Pause]
»Ich nehm noch einen!«
»Ja, kipp hinter.«
»Ahhh, das tut gut.«
»Ich schenk nach.«
»Bist'n Freund.«

Auftauchen

»Wassermänner lieben die Tiefe«, las ich einmal in einem Zeitungshoroskop, ein anderes Mal stand es als Aufdruck auf einem Handtuch, das ich zum Geburtstag geschenkt bekommen hatte. Das Handtuch war marineblau. Der stilisierte Wassermann sah mit seinem Dreizack richtig süß aus, kein bisschen Furcht einflößend. Zu dem Geschenk gehörte auch ein kleines Buch über die Eigenschaften des elften von zwölf Sternzeichen. Das habe ich noch heute. Demnach wurde mir zugeschrieben, dass ich oft ruhig wirke, träumend vor mich hin lebe, auf Entdeckungstouren gehe, immer etwas Neues erleben möchte, dabei meine Ideen und Fantasien verfolge und mich selten voll und ganz auf Menschen einlasse. Dass mir oft die Zeit fehlt, meine Träume auch zu verwirklichen, ich viele Freunde habe und die Kontakte für immer neue Anregungen brauche. Leider laufe ich vor meinen Problemen weg, treffe nicht gern Entscheidungen und verschließe die Augen, wenn es schwierig wird. Ich versuche, über den Dingen zu stehen, was mich oft überheblich, rechthaberisch und arrogant wirken lässt. Mein typisches Merkmal ist die Freiheit. Ich muss mich ausleben und entfalten können. Ich kann einer Partnerin sehr treu sein, was nicht heißt, dass ich ein Familienmensch bin. Ich träume und lebe lieber vor mich und bin immer für eine Überraschung gut. Eine meiner Lieblingsbeschäftigungen ist, das Gefühlsleben anderer Menschen zu untersuchen. Trotz des Sonnenscheins in seinem Leben saß der Wassermann wieder einmal auf dem Meeresgrund im Schlick und ließ den Schlamm durch seine Finger gleiten. Die aufgewühlten Partikel tanzten um mich herum. Wirbellose, unerforschte Bodenlebewesen wurden durch mein gelangweiltes Fingerspiel aufgescheucht und unfreiwillig mit den Sedimenten vermischt. Das Gestein, auf dem ich saß, fühlte sich härter, das Wasser kälter an als sonst. Die

Meeresoberfläche war in weite Ferne gerückt. In meinen Ohren rauschte Musik. Die Töne erinnerten mich an einen melancholischen Song von David Bowie von 1980, »Ashes to Ashes«.

Ich schlug meine Augen wieder auf. Ich tanzte auf unserer Szeneparty im Keller des ehemals besetzten Hauses. Aus den Boxen kam tatsächlich David Bowie, und es war eine Angewohnheit von mir, beim Tanzen die Augen zu schließen, wenn ich mich unbeobachtet fühlte. Unsere Wave-Gothic-Party hatte sich mittlerweile etabliert und war zum monatlichen Standardtermin in der Szene geworden. Nach dem Lied schlenderte ich zur Theke und beobachtete wieder einmal die Gäste. Etwas war mir in letzter Zeit immer mehr aufgestoßen. Wahrscheinlich war es noch nie anders gewesen und hatte mich früher angezogen: Niemand lächelte, niemand lachte. Gefühlsregungen zu zeigen, war in dieser Szene nicht angesagt. Im klassischen Sinn hübsch sein wollen, war auch keine glückliche Attitüde. Es war eher cool, sich den Lippenstift wie Robert Smith von The Cure um den Mund herum zu verschmieren und das Gesicht maskenhaft traurig zu schminken. Als die Gothic-Szene den ursprünglichen Geist des New Wave, die für mich Aufbruchsstimmung, Kreativität und viel Positives in sich hatte, immer mehr verdrängte, rückten Uniformität und zur Schau gestellte Melancholie zunehmend in den Vordergrund. Die Klamotten waren ohne Ausnahme schwarz, Kreuze und geschminkte Spinnweben zierten Gesichter und Körper. Es galt immer häufiger als cool, zu Hause in einem Sarg zu schlafen. Das war nicht mehr meine Welt. Vielleicht war ich auch einfach nur älter geworden und konnte mit der nachrückenden Generation in der Neonwelt nichts anfangen. Vielleicht hielt ich es ein wenig mit Sokrates, der seinerzeit vor 2.400 Jahren bereits Schwierigkeiten mit der Jugend hatte. Generationenproblem, wurde ich spießig?

Ich lebte in meinem Kopf, zerlegte, analysierte, setzte passende Teile zusammen und sortierte unpassende aus. Letztere hatten die Angewohnheit, immer wieder zurückgespült zu werden. Wo war mein Herz? Wann war ich denn einmal lustig und unbeschwert? Hier an diesem Abend waberte ich zwischen Menschen herum, die es sich verboten hatten, Freude zu zeigen, und war selbst nicht anders. Sie litten und wollten leiden. Ich auch? Wollte ich nicht schon immer viel lieber vergnügt an der Meeresoberfläche mit dem quietschbunten, aufblasbaren Wasserball in der Mitte der Juchzenden spielen?
Silvester legten Marius und ich Platten in unserem Veranstaltungskeller auf einer Feier unter Freunden auf. Um Mitternacht ging ich nicht mit Anna hinauf, um das Feuerwerk zu beobachten, wie es böse Geister vertreibt. Ich legte AC/DC auf und lauschte den »Hells Bells«. Verdammt, warum war ich nicht einfach mit den anderen dort oben? Hier unten war niemand. Im neuen Jahr wurde mein Leidensdruck immer größer. Worauf wartete ich noch? Auf eine Tür?
Während des Studiums an der FU hatte ich einen weiteren Freund gefunden. Felix war pragmatisch und hatte mit der Wave-Szene nichts am Hut. Ich fand damals nicht die richtigen Worte für das, was in mir vorging, aber irgendwie verstand er, worauf ich im Grunde hinaus wollte. Oder er handelte instinktiv. Ich wollte mich vergnügen, mich spüren, ohne mich für meine Oberflächlichkeit zu schämen und zu verdammen, raus aus dem Kopf der Erwachsenen, rein in die Glückseligkeit eines Kindes.
Felix leistete gleich am ersten Abend ganze Arbeit. Er führte mich ins Coconut im Ku'damm-Karree. Vor dem Eingang standen zwei Türsteher in Schwarz, Hünen, die meinen Gruß ohne jegliche Reaktion abtropfen ließen. Auch hier ging es eine Treppe in den Keller hinunter, aber sie führte in eine komplett andere Welt als die, die ich kannte. Zum Glück hatte ich einen Führer dabei. Die

Tür ging auf. Die Diskothek hatte einen Hauch von »Saturday Night Fever«. Popmusik regierte, Männer und Frauen tanzten wild, schrille Farben flirrten durch den Raum. Später kam ich mit einem Kellner ins Gespräch, der vom Coconut schwärmte. Die Zeit wäre hier stehen geblieben. Polizisten, Banker, Versicherungsangestellte, Sekretärinnen und, wenn man lange genug bliebe, auch Zuhälter mit ihren Nutten gehörten zu den Gästen. Dabei zeigte er auf drei kleine, unbesetzte Tische, auf denen »Reserviert«-Schilder standen. Es gebe nie Ärger. Der DJ würde gegen ein Freigetränk auch Wunschsongs querbeet spielen. Nach anfänglichen Berührungsängsten konnte ich im Laufe des Abends meine Hemmschwelle überwinden und traute mich sogar auf die Tanzfläche. Die Musik war sehr ungewohnt und ich bewegte mich unbeholfen. Völlig baff war ich, als es zu vorgerückter Stunde inmitten des johlenden Publikums, zwischen den Männern und Frauen, die allabendliche Stripteasetanzeinlage gab.

Felix war eine Sportskanone und trainierte in einem kleinen Fitnessstudio, in das auch ich bald eintrat. Die vielen Muskelmänner schüchterten mich ein, offensichtlich gehörte ich nicht zu ihnen. Aber sie ließen mich wegen Felix in Ruhe – bei anderen war das anders. Samstagnachmittag begannen Felix und ich, Squash zu spielen, gingen in die Sauna und schauten danach bei ihm zu Hause auf Premiere die Fußballbundesliga. Wir waren beide Fans von Bayern München-. Warum ich als Niedersachse Bayern-Fan wurde, weiß ich bis heute nicht. Vielleicht, weil Hannover 96 die meiste Zeit nicht in der Ersten Bundesliga spielte und Bayern einfach so erfolgreich war. Diese Stunden mit Felix wurden für mich mehr und mehr zu Phasen der Entspannung und des Loslassens. An den Schlick dachte ich immer weniger.

Ich tauchte auf. Endlich war ich an der Wasseroberfläche. Immer häufiger konnte ich vom Meeresgrund nach oben schwimmen, mich in der Sonne aalen und mit den anderen den quietschbunten, aufblasbaren Wasserball umherwerfen. Endlich entließ ich mich aus meinen eigenen Fesseln am Meeresgrund und blödelte an den Abenden, an denen wir ausgingen, einfach nur herum. Das tat gut. So vergingen einige Jahre, in denen ich bereits mit Anna zusammenwohnte.

Ich war ebenso wie Anna heilfroh, nach dem Referendariat das Zweite Staatsexamen bestanden zu haben. Mit meiner Prüfung konnte ich jedoch keinen Blumentopf gewinnen. Anna hatte besser abgeschlossen.

Und wenn er nicht gestorben ist, ... Hört sich doch alles gut an, oder? Aber so einfach ist das nun auch wieder nicht mit dem Schlick!

Schlick in meinen Händen II

»Bin neidisch!«
»Worauf?«
»Naturvölker.«
»Holla, das ist kein scharfer Begriff und wird oft romantisierend missbraucht!«
»Mensch, nee, nee, das meine ich doch nicht. Und wenn doch, missbrauche ich hier gern.«
»Worum geht's also?«
»Die sind glücklicher!«
»Was geht denn hier ab? Hast du auf'm GEO-Magazin geschlafen?«
»Ich meine das ernst.«
»Hört sich langsam wirklich so an. Da bin ich gespannt, was jetzt kommt.«
»Ist ne Herzenssache für mich. Ich will hier nicht von völliger Harmonie mit der Natur sprechen und zu verklären anfangen. Und dennoch, ich meine, dass wir in den Industrieländern aus der Glückseligkeit der Kindheit heraus- und in die verkopfte Ratioerwachsenenwelt hineingetreten werden. Wie oft hab ich als Kind gehört: »Nun sei doch mal vernünftig«, »Benimm dich nicht wie ein Baby«, »Überleg doch mal«, und all den Scheiß. Kinder sind mit sich verbunden, stehen irgendwie in Kontakt mit sich, sagen, was sie fühlen, sind einfach ehrlich. Was ist denn mit uns Erwachsenen? Alles Kopfwichserei! Irgendwann sind wir dann endlich im Kopf angekommen, sind tolle Erwachsene und versuchen, nachdem wir den ganzen Mist begriffen haben, das, was uns was fehlt, über Bücher wie »10 Schritte zum Glück«, Psychoonkels, zig Therapien, Saufen, Sex oder andere Sachen ins Gefühl zurückzukommen, uns mal zu spüren. Im besten Fall können wir uns gerade so noch daran erinnern, wie sich das als Kind mal angefühlt hat.«
»Und?«

»Und, und! Ich gehe davon aus, dass es bei Naturvölkern anders war oder ist! Die sind glücklicher oder wirken zumindest zufriedener. Die Leute haben eine klare Rolle in ihrer Gruppe und machen sich nicht über tausend Dinge nen Kopp.«
»Aber die leben auch nicht in einer heilen Welt, es gibt Eifersüchteleien, Kampf um das höchste Plätzchen in der Hierarchie, wer hat den fettesten Tiger erlegt …«
»Klar doch! Das gehört bei allen dazu. Im Grunde genommen geht es darum, dass die sich erst einmal mögen, auch als Erwachsene, und nicht gleich als abgedreht gelten, wenn sie das zeigen oder sagen. Die machen nicht immer auf Understatement. Die zeigen offen, dass sie sich mögen. Spüren sich vielleicht auch in der Natur deutlicher als wir im Betondschungel.«
»Auweia …«
»Spürst du dich denn?«
»Weiß nich …, und du?«
»Das ist ja gerade mein Thema!«
»Mannomann!«
»Das ist alles, was von dir rüberkommt?«
»Was erwartest du denn?«
»Ich erwarte gar nichts, sondern wünsche mir höchstens was!«
»Okay, was wünschst du dir denn?«
»Das hängt dick damit zusammen. Ich wünsche mir so sehr, gesehen und gehört zu werden. Das will man doch schon als Kind. Das Kind guckt und schaut, ob zurückgeguckt wird. Es lächelt und guckt, ob zurückgelächelt wird. Es greift nach etwas und schaut, was passiert. Es macht irgendetwas und nimmt wahr, ob was zurückkommt, sucht Resonanz. Ratio ist da noch nicht. Das Kind fühlt, ist bei sich, authentisch. Es möchte, dass etwas zurückkommt.«
»Und nu?«
»Na, wenn es nicht genug in Kontakt mit anderen gerät, fürchtet es sich, schneidet sich von seinen Gefühlen ab,

geht aus dem Herzen in den Kopf, vereinsamt emotional.«
»Was hat das denn jetzt mit dir zu tun, hört dir keiner zu?«
»Mann, wenn du keinen Bock auf eine Unterhaltung hast, sag es einfach!«
»Was soll'n die Scheiße?«
»Genau darum geht es doch, ich unterhalte mich mit dir und wünsche, dass du mich siehst und hörst!«
»Aha, ich soll also deinen Erwartungen entsprechen und deiner Meinung sein. Das ist doch Mist, Alter!«
»Nein, nein, vielleicht bringe ich es nicht rüber. Du sollst mir nicht nach dem Munde reden. Es geht mir darum, dass ich nicht nach meinen Äußerlichkeiten oder aufgrund der Projektion anderer beurteilt werde!«
»So läuft das nun einmal, wenn man Menschen nicht kennt.«
»Ja, da bin ich auch kein verklärter Idiot. Ich meine nicht die auf der Straße oder im Job, die noch nie ein Wort außer hallo mit mir gewechselt haben, die werden immer ihre negativen und positiven Erwartungen und Urteile auf mich draufpacken, vielleicht auch in Verbindung mit einer Assoziation aus ihrer Vergangenheit.«
»Und?«
»Ich möchte mich einfach verstanden fühlen, dafür gemocht werden, was ich ganz tief in mir bin, nicht dafür gemocht werden, was äußerlich scheint, ich nicht bin, wie die Leute mich haben wollen.«
»Mannomann! Voll Psycho!«
»Ach, Scheiße, siehst du, genau das meine ich. Ich hau jetzt ab!«
»Willste noch einen?«
»Nee, Mensch, kipp selbst hinter! Hab die Schnauze voll.«

Das Böse Mädchen

Anna und ich hatten uns nach einem zweiten, vergeblichen Beziehungsversuch – eher eine Trennung auf Raten und ein Abgesang auf alte Zeiten – endgültig getrennt. Sie hatte eine neue Wohnung und bald auch einen neuen Freund. Das tat dem Wassermann ganz schön weh. Ich schleppte mich die nächsten Monate mehr schlecht als recht durch den Alltag. An den Wochenenden ging ich häufig mit Felix aus, vordergründig um mich abzulenken, ganz tief in mir hoffte ich jedoch, mich neu zu verlieben. Ich war so ausgehungert.
Lovina, das Böse Mädchen, trat dennoch, zumindest an jenem Abend, unerwartet in mein Leben. Ich hatte mir nie vorstellen können, wo und wann ich die Frau meines Lebens treffen würde. Meine Hoffnung hatte ich in viele Augenblicke gelegt, ohne dass etwas geschah. Dass es dann so spektakulär sein würde, hatte ich nicht gedacht. Ich stand mit meiner Mutter, die mich gerade in Berlin besuchte, am späten Abend müde und ausgelaugt an der Tanzfläche im Chip und wollte nur nach Hause. Dann sah ich sie. Alle Sicherungen in mir brannten durch, und meine Warnlampen erloschen. Ich verliebte mich genau in dem Moment in Lovina, als ich sie das erste Mal sah. Ab dieser Sekunde regierten mich sämtliche romantischen Adern, die ich hatte, und jeder Kitsch, zu dem ich fähig war. Der biochemische Prozess tobte in meinem Körper, meine Schmetterlinge waren völlig aus dem Häuschen und flatterten wild umher.
Lovina trug ein schwarzes, klassisches, enges Kostüm und eine weiße Bluse mit tiefem Ausschnitt. Ihre wundervollen, blonden Haare, so hell wie Sterne, schwangen im Scheinwerferlicht glänzend zum sanften Rhythmus der Musik und reichten ihr bis zum unteren Rücken. Ich verlor mich schon beim ersten Anblick in ihren hellen, kristallblauen Augen. Ihr blutroter Mund lächelte mit

vollen Lippen und einer Garnitur perfekter, strahlend weißer Zähne. Sie war mittelgroß mit schlanken Beinen und einem wundervollen Becken und Busen. Lovina hätte die Schwester von Agnetha Fältskog von Abba sein können. Sie erinnerte mich besonders an die Sängerin, wie sie in »Abba – Der Film« von 1978 zu sehen gewesen war. In der trivialen Handlung schildert der Reporter Ashley seine Schwierigkeiten, ein Interview mit Abba zu bekommen. Er reist der Gruppe durch halb Australien hinterher. In einer Filmszene wird Agnethas Po als der süßeste auf Erden bezeichnet. Das hat sich auf meiner Festplatte eingebrannt. Wäre ich nicht erst zehn Jahre alt gewesen, als ich den Film zum ersten Mal sah, ich hätte schon damals mein Herz verloren. Na ja, vielleicht hatte ich das ja auch so getan. Lovinas Po stand Agnethas jedenfalls in nichts nach. Blonde Haare und leuchtend blaue Augen, ursprünglich eine eher seltene genetische Mutation, sollen bei Frauen auf Nahrungs- und Männermangel gegen Ende der Eiszeit zurückzuführen sein. Diese anfangs außergewöhnlichen Merkmale haben angeblich die Chancen der Blondinen in der Horde der Dunkelhaarigen bei der Fortpflanzung – oder modern: bei der Partnerwahl – erhöht. Auch heute sollen Farbmerkmale bei sexuellen Selektionsmechanismen eine Rolle spielen. Blondes Haar steht für Sex-Appeal, dunkles für Verstand.

Lovina sah nordisch aus und erinnerte mich neben Agnetha auch an Anja, meine erste große Liebe. Waschechte Skandinavierinnen hatten schon immer eine magische Anziehungskraft auf den Wassermann gehabt und fesselten ihn mit einer kraftvollen Weiblichkeit. Vielleicht sah man sie auf dem Meeresgrund einfach besser. Auf meinem platten Land traf man sie nur in ebenso platten Heften und Filmen. Lovina aber war wirklich, und wie!

Das Böse Mädchen lächelte. Das war kein normales Lächeln. Der Mond ging für mich auf, und die Sterne tanzten einen Wiener Walzer um ihn herum. Es war um mich geschehen. Ich lächelte unsicher zurück und verlor mich in den Tiefen ihrer kristallblauen Augen. Wir sahen, nein starrten, uns direkt an, und dieser Moment schien nicht aufhören zu wollen. Es war keine dieser peinlichen Angaffsituationen, vor denen ich gern flüchtete. Lovina war wie ein Magnet. Ich wurde von ihr angezogen. Es wirkten Kräfte auf mich, gegen die ich machtlos war. Lovina tanzte, ich tanzte, sie sah weg und dann wieder zu mir hin. Schon wieder dieses Lächeln. Der blutrote Mund, die weißen Zähne, diese blauen Augen waren wie ein Bergsee, in dem sich Kassiopeias Sternbild spiegelte. Vor dieser Göttin wollte ich niederknien und ihr huldigen. Rosenblätter wollte ich streuen, damit sie auf ihnen wandeln konnte.

Meine Mutter und ich tranken noch etwas. Das Böse Mädchen unterhielt sich mit einer Freundin auf der anderen Seite der Tanzfläche.

»Ich muss jetzt leider gehen!«

»Nicht ohne meine Telefonnummer!«

Das Böse Mädchen stand mit ihrer Begleitung plötzlich vor mir. Ich war froh, bei meiner Antwort nicht gestottert zu haben, und eilte zur Theke, um mir Zettel und Stift zu besorgen. Dann war sie weg – mit meiner Telefonnummer.

Am nächsten Tag fuhren meine Mutter und ich von Berlin aufs platte Land in den Geburtsort des Wassermanns. Noch in Berlin klingelte am Morgen vor der Abfahrt mitten auf dem Kurfürstendamm mein Mobiltelefon. Meine Mutter probiert in einem Laden gerade Schuhe an. Ich verließ das Geschäft und hörte die Stimme des Bösen Mädchens zum ersten Mal bewusst. Ich schilderte ihr meine momentane Einkaufsmission und vertröstete sie auf den Abend. Hatte ich einen Fehler begangen? Im platten Land meiner Wurzeln angekommen, rief ich nervös zurück. Würde Lovina, ihren Namen wusste ich mittlerweile wenigstens, ans Telefon gehen? Sie tat es. Wir redeten und redeten. Es entstand dieses irrationale Ge-

fühl der Vertrautheit und Seelenverwandtschaft, obwohl wir uns überhaupt nicht kannten. Ich war bereits verliebt, heftig verliebt. Wir verabredeten uns für einen Zeitpunkt direkt nach meiner Rückkehr in einem Café in der Birkenstraße.
Am nächsten Morgen flogen mein Vater und ich von Paderborn aus nach Fuerteventura – aus dem Schnee in die Sonne. Ich war völlig neben der Spur. Am nächsten Tag wurde ich 29 Jahre alt, saß bei 25 Grad mitten in einem Rundum-Sorglos-Paket und spürte, dass ich mein Herz in Berlin gelassen hatte. Mein Display zeigte nicht einen Anruf, nicht eine Kurzmitteilung vom Bösen Mädchen. Das war auch nicht verabredet gewesen, aber meine Hoffnung starb mit jedem Tag ein bisschen mehr. Ich meldete mich selbstverständlich auch nicht.
Endlich wieder in Berlin traf ich das Böse Mädchen in dem Café in der Birkenstraße. Mein Auto parkte ich um die Ecke. Über meinen Beruf und meine Familie sprach ich beim Kennenlernen grundsätzlich nicht. Ich hatte immer Angst, nur für Äußerlichkeiten gemocht zu werden. Meine Sehnsucht, Wassermann sein zu dürfen, war mit den Jahren stets größer geworden.
Lovina kam leicht zu spät, war offensichtlich aufgeregt. Ich tat cool, obwohl ich völlig durch den Wind war. Ich wusste noch nicht einmal, ob ich sie wieder erkennen würde. Mittlerweile war ihr Bild in mir verschwommen. Blonde Haare und blaue Augen müssten reichen, dachte ich mir. Ich begrüßte sie wie selbstverständlich mit einer leichten Umarmung und Küsschen auf die Wangen. Lovina war wohl irritiert. Kaum hatten wir begonnen, uns zu unterhalten, kam ein Rosenverkäufer in das Café. Ich erstand eine Baccararose, und Lovina wurde noch verwirrter als zuvor. Ich war allerdings nicht der alleinige Grund für ihre Aufregung. Sie erzählte, dass sie mit ihrem Auto auf dem Weg zum Café einem Laster hinten reingefahren wäre.

Das Gespräch floss wie in unserem Telefonat dahin. Ich schaute sie immer wieder verstohlen an und war von ihrer Schönheit fasziniert. Sie hatte grünen Lidschatten aufgetragen. Diese Augen, dieser Mund (wieder knallrot)! Vor dem Treffen war mir bange gewesen, dass die Magie dahin sein, ich nichts mehr empfinden könnte. Es kam ganz anders. Mein Herz hüpfte vor Begeisterung. Wir trennten uns in der Gewissheit, dass es ein Uns geben würde.

Lovina hatte jedoch in einem Punkt gelogen oder zumindest die Realität maßgeblich verzerrt. Das Böse Mädchen hatte sich als »unbemannt« ausgegeben und ihren Freund als Exfreund bezeichnet, mit dem sie sich häufiger sah, solange sie noch niemanden Neues hätte. Ihr Freund sah das natürlich anders.

Es gab für mich noch ein anderes offensichtliches Problem. Lovina kam aus reichem Hause und war, selbst für Dahlemer Verhältnisse, in einer prächtigen Villa aufgewachsen. Geld war für sie kein Thema, man hatte es einfach, zumindest ihre Eltern und ihr (Ex)Freund. Ich nicht. Ihren Erzählungen zufolge bekam sie von ihren Eltern eine Grundversorgung, d. h. Miete, Autoleasingraten und Taschengeld. Ihren gewohnten, für mich eher exquisiten Lebensstandard musste sie selbst finanzieren. Lovina modelte ein wenig, arbeitete hier und da in einem für mich undurchsichtigen Projekt mit und machte Promotion. Sie war durch und durch verwöhnt und lebte gnadenlos über ihre Verhältnisse – was ihr (Ex)Freund, ein namhafter Immobilienhai mit Sitz am Ku'damm, ausglich.

Lovina bemerkte meine Skepsis und schwor, ihren Freund wirklich zum Exfreund zu machen und auch mit viel weniger Geld auskommen zu können.

»Endlich habe ich die Liebe meines Lebens gefunden. Alles andere ist unwichtig!« Sie sah mich durchdringend an.

Das hatte gesessen. Ich war machtlos.

Mit der Zeit wurden wir im Café in der Birkenstraße schon per Handschlag begrüßt und mit einem Getränk aufs Haus verabschiedet. Bis auf ein paar Küsse war noch nichts passiert. Ich kniete gedanklich bereits vor Lovina. Sie empfand mich als distanziert und kontrolliert. War das die Sache mit dem Schlick? Dabei brodelte es in mir wie in einem Vulkan. Ihr Stil, ihre Bewegungen, ihre Art, sich zu kleiden, einfach alles an ihr verzauberten mich von Mal zu Mal mehr. Lovina wollte nicht in meine Wohnung, solange ihr Freund noch nicht zum Exfreund geworden war. Worauf wartete sie noch? Hatte sie Angst vor einem armen Schlucker wie mir? Ich hatte nach dem zweiten Staatsexamen eine Anstellung in einer Rechtsanwaltskanzlei nahe dem Schloss Charlottenburg gefunden, verdiente aber nicht viel.

Ich wollte Lovina nicht drängen. Sie sollte ihre Entscheidungen freiwillig und ohne Druck treffen. Ich litt. Mittlerweile waren fast drei Monate vergangen, in denen ich mich mit ihr ausschließlich in der Öffentlichkeit herumgetrieben hatte. Dann fragte mich Felix – als Geschenk Gottes –, ob ich mit ihm zwei Tage später mit einem Last-Minute-Flug nach Mexiko reisen würde. Lovina tobte, mein Chef wider Erwarten nicht. Ich musste raus. Die Situation fraß mich auf, Tränen flossen. Mit letzter Kraft stellte ich Lovina ein Ultimatum. Sie sollte mich nur vom Flughafen abholen, wenn sie sich von ihrem Freund getrennt hätte.

Das Böse Mädchen erwartete mich mit grünem Lidschatten, knallrotem Lippenstift und einer roten Rose in der Hand. Die Würfel waren gefallen.

»Du bist jetzt meine Zukunft!«

Volltreffer! Versenkt. Die Umarmung schien kein Ende mehr zu nehmen, ebenso wie der Kuss.

Am Wochenende darauf stellte ich Lovina meinen Eltern in Niedersachsen vor. Mein Vater fackelte nicht lange, entschwand, kam auf die Terrasse zurück, reichte dem Bösen Mädchen, seiner Frau und mir ein Glas Prosecco

und erklärte seine Hoffnung, dass wir heiraten würden. Ich war platt. Es war einer dieser Momente, in denen mir sämtliche Worte fehlten. So stießen wir an. Der Pakt des Untergangs war besiegelt. Das Böse Mädchen hatte wohl ebenso über meinen Vater einen Zauber geworfen wie über mich.
Kurze Zeit später zog Lovina bei mir ein.
»Du-huu?«
»Ja?«
»Ich war bei einer Wahrsagerin.«
»Oh nein, bitte du doch nicht!«
»War ich aber.«
»Und?«
»Sie hat mich vor einem Mann gewarnt, der Kosmetikartikel ordentlich in einer Phalanx aufreiht.«
»Und?«
»Ja, schau doch mal ins Bad.«
»Ich bin halt ordentlich.«
[Schweigen]
»Ja, und was bedeutet das jetzt für mich? Suchst du dir einen anderen?«
»Nee, weiß auch nicht, was ich damit anfangen soll.«
»Und was hat es dir dann gebracht?«
»Keine Ahnung. Sie hat ja noch mehr gesagt.«
»Was denn?«
»Große Liebe und große Schwierigkeiten.«
»Ja und? Ist das nicht immer so?«
»Weiß nich ...«
»Hör mal, was willst du mir denn jetzt sagen?«
»Weiß nich.«
»Ach, Lovina.«
Ein Jahr der großen Liebe folgte. Die Zeit trieb im Strudel der heißen Liebe dahin. Lovina bereicherte mein Leben. Sie kannte viele Skandinavier. Wer hätte gedacht, dass es in Berlin eine skandinavische Enklave, eine Gemeinde mit Restaurants, Bars und Geschäften gibt. Das war mir vorher nie aufgefallen. Speisen einer mir neuen Kultur

bekam ich auf verschiedene Arten und Weisen serviert. Ich schlang alles Neue hungrig in mich hinein und hörte nicht auf. Die vorangegangenen Jahre fühlten sich nun irgendwie belanglos an. Jetzt war ich Feuer und Flamme vor Leidenschaft. Auf einer Feier war ich der einzige gebürtige Deutsche, auf einem kleinen Champagnerempfang in einer Penthousewohnung über den Dächern Berlins der einzig Dunkelhaarige. Rentierfleisch stellte sich als Delikatesse heraus. Lovinas Ahnenreihe ließ sich bis zu den seefahrenden Nordmännern zurückverfolgen. Ihr Vater hielt darüber gern und wiederholt Vorträge. Ihre Eltern waren mir gegenüber höflich, aber zurückhaltend. Sie hielten mir zugute, dass ich Jurist, aber nicht, dass ich mittellos und Deutscher war. Lovinas Vater hatte ein Bauimperium aufgebaut. Die Familie war insgesamt sehr stolz.

Wann immer ich das Böse Mädchen ansah, war ich von Neuem bezaubert. Ich verliebte mich immer und immer wieder. Im Sommer lag ich auf dem Bootssteg des Ferienhauses der Familie in Småland. Die Ostsee war ruhig, und ich döste verliebt über dem Wasser ein. Durch ein Geräusch wachte ich auf und sah die Silhouette einer herannahenden Frau, die ich geistig umnebelt nicht sofort erkannte. Diese Frau faszinierte mich. Mit Herzrasen stellte ich fest, dass es sich um das Böse Mädchen handelte. Mein Böses Mädchen. Dieses Bild ist bis heute in mir. Ich hatte Angst, dass ich Lovina das Leben, das sie gewohnt war und dass sie sich trotz Beteuerungen wahrscheinlich immer noch wünschte, nicht bieten konnte. Ihre Eltern unterstützten sie monatlich, worüber nicht geredet wurde. Sie musste zu meiner Wohnung nichts hinzuzahlen. Ich war froh, wenn sie mit ihrem Geld auskam und etwas zur Haushaltskasse beitrug. Lovina hatte sich meine Befürchtungen immer wieder anhören müssen, dass ich ihr zwar ein sicheres, aber kein luxuriöses Leben bieten konnte.

»Mach dir nicht immer über alles einen Kopf! Wir lieben uns über alles, mein Baby.«
Ich war so liebestrunken, dass ich mich sogar Baby nennen ließ. Warum sollte ich auch nicht mal aus meinem Kopf aussteigen und einfach meinem Herzen folgen? Was hat der Verstand mit der Liebe zu tun? Ich hatte mich entschieden, meinen dreißigsten Geburtstag mitten im Wald in einem romantisch gelegenen Schützenhaus zu feiern. Dreißig Jahre nach meiner Geburt wollte ich zu meinen Wurzeln in meinen Heimatort zurückkehren. Die Vorbereitungen waren generalstabsmäßig abgelaufen. Insgesamt hatte ich 40 Gäste aus ganz Deutschland eingeladen. Bereits am Abend vor der Feier war ich mit Lovina zu meinen Eltern gefahren. Mein Heimatort war mit Schnee zugedeckt. Ich bat Lovina um einen Spaziergang, ich sei wegen des morgigen Tages nervös und wolle mir deswegen die Beine vertreten. Ich hatte etwas ganz anderes im Sinn. Anfangs war sie, vielleicht auch wegen der langen Autofahrt bei winterlichen Bedingungen, nicht sonderlich begeistert. Hand in Hand schlenderten wir verliebt durch die Winkel und Gassen der Altstadt den Hügel hinauf zu dem Wahrzeichen meines Heimatorts, einem Wartturm der Stadtbefestigungsanlage aus der zweiten Hälfte des 13. Jahrhunderts. Der Turm lag auf dem höchsten Punkt der Stadt und bot einen bezaubernden Blick über die Dächer der Fachwerkhäuser und die hügelige Landschaft des oberen Weserberglands. Wie auf Bestellung setzte Schneefall ein. Die Flocken tanzten in den Lichtkegeln der Straßenlaternen. Ich kniete vor dem Bösen Mädchen nieder und stellte ihr die Frage aller Fragen. Nach einem kurzen, knappen Ja steckte ich uns die Verlobungsringe an, für die ich bei einem namhaften Juwelier am Kurfürstendamm viel Geld hingeblättert hatte. Der Wassermann hatte vorher nie ans Heiraten gedacht, jetzt war er verlobt. Aus meiner Umhängetasche holte ich eine Flasche Sekt und zwei Pappbecher hervor. Wir stießen auf unser Versprechen

an. Lovina strahlte auf dem Rückweg heller als der Polarstern. Ich war glücklich. Am nächsten Abend gab ich über das Mikro des DJs unsere Verlobung bekannt. Ich hatte zuvor niemanden eingeweiht, auch nicht meine Eltern. Sollte sich jemand nicht mit mir gefreut haben, so wollte ich es nicht bemerken. Die Feier fand ich rundum gelungen. Mein Vater hielt eine Rede auf mich, Jagdfreunde von ihm bliesen mit ihren Hörnern ein Ständchen. Ich war gerührt, dass meine Freunde einen teilweise langen Weg auf sich genommen hatten, um mit mir zu feiern. So wurde mein dreißigster Geburtstag auch zu meiner Verlobungsfeier. Später bat ich Lovinas Eltern um die Hand ihrer Tochter. Sie erteilten uns ihren Segen. Ich denke, dass sie mittlerweile ihren Frieden mit mir gemacht hatten. Was tatsächlich in ihnen vorging, habe ich nie erfahren.

Wann weiß man, ob sie die Richtige ist? Wann ist der richtige Zeitpunkt gekommen, zu heiraten? Gibt es ihn überhaupt? Letztlich konnte es für mich nur eine Entscheidung des Herzens sein. Ich hatte meines befragt und heiratete das Böse Mädchen ein Jahr später auf dem Standesamt meines Geburtsorts. Dort, wo meine Wurzeln das Land der Heimat berühren. Berlin hatte 23 Standesämter und war mir viel zu unpersönlich. Um die standesamtliche Trauung hatte ich ein Geheimnis gemacht und mich damit gegen Lovina und ihre Eltern durchgesetzt. Die Eheschließung wollte ich im Stillen vollziehen, Lovina sollte ihre kirchliche Prinzessinnenhochzeit später haben. Auf dem Standesamt waren nur unsere Eltern anwesend. Die Zeremonie war nüchtern. Im Anschluss an die Trauung fuhr ich mit Lovina, meiner Ehefrau – ich musste mich erst einmal an dieses Wort gewöhnen –, für zwei Nächte ins Steigenberger Hotel nach Bad Pyrmont. Wir schlenderten durch den historischen Kurpark und den Palmengarten. Im Spa stießen wir mit einem Glas Champagner an. Ich war verheiratet und bat Lovina, die Pille abzusetzen.

Die Prinzessinnenhochzeit folgte zwei Monate später in der Kirche meines Wurzellandes, in der auch meine Eltern geheiratet hatten, in der ich getauft und konfirmiert worden war. So gab ich dem Bösen Mädchen vor unseren Eltern, Verwandten und Freunden mein Jawort.
»Bis dass der Tod uns scheidet ...«
Lovina war die schönste Braut, die ich mir vorstellen konnte. Ihr elfenbeinfarbenes, schulterfreies Brautkleid betonte ihren Körper und Teint äußerst vorteilhaft. Das Böse Mädchen hatte seine Haare hochstecken lassen. Lovinas Lidschatten war grün, ihr Lippenstift knallrot. Feierlich zog die Hochzeitsgesellschaft von uns beiden angeführt aus der Kirche heraus und warf nach altem Brauch Münzen für die aufgeregten Kinder der Gemeinde, die zu keinem anderen Zweck erschienen waren. Früher hatte ich mich als Kind selbst auf die Jagd nach den Pfennigen und Groschen begeben. Unsere Hochzeitsgesellschaft zog die kurze Strecke von der Kirche durch die Fußgängerzone meiner Heimatstadt an dem Geschäft meines Vaters vorbei bis zum Ort der Feier, einer Hotelvilla. Neugierig blieben Passanten stehen. Vor der Villa wurden wir von den Gastleuten sehr freundlich mit einem osteuropäischen Brauch empfangen: Wir tranken Schnaps und warfen anschließend das Glas achtlos über die Schulter. Scherben bringen Glück. Lovina hatte eine Handvoll hübscher schwedischer Freundinnen eingeladen, die ohne Begleitung kamen und die die Hälfte der männlichen, vielleicht dadurch auch die weiblichen Gäste um den Verstand brachten. Unsere Feier war eine ausgelassene Party mit opulentem Buffet und DJ. Mein Vater hatte sich nicht lumpen lassen. Ich hätte mir das nicht leisten können.
Es kam nur zu einem Eklat, der mir Ärger von Lovina einhandelte. Marius, Toni und Lukas hatten mich zum Bierdosenstechen auf dem Hotelparkplatz verführt. »Alter, bleib bei Deinen Wurzeln und heb durch die skandinavische Prinzessin nicht zu sehr ab!« Marius Worte wa-

ren sehr ernst gewesen. Lovina bekam von dem Spektakel später Wind und nannte mich einen Proleten.
Am nächsten Tag ging es leicht verkatert auf Hochzeitsreise nach Sylt. Von den Eltern gesponsert war alles vom Feinsten. In Kampen hatten wir uns für zwei Wochen ein ganzes Häuschen gemietet. Wir genossen die Überfahrt mit dem Autozug von Niebüll, Fahrradtouren auf den Deichen, Wattwanderungen, den kilometerlangen Sandstrand am Ellenbogen, Gosch in Liszt und Hörnum, das Schneckenhaus, das Seepferdchen Samoa, die Sansibar, die Friedrichstraße in Westerland und lachten über die deutschen Urlauber in ihren Strandkörben, die sie festungsähnlich mit Gräben und Sandwällen umgeben hatten.
Lovina hatte die Pille seit Monaten abgesetzt. Bislang hatte sich kein Erfolg eingestellt. Sie wurde immer unleidlicher und überredete mich, mit ihr in eine Kinderwunschpraxis zu gehen.
»Es ist alles in Ordnung. Ihre Frau ist 26 und hat zehn Jahre lang die Pille genommen. Es ist ganz normal, dass es seine Zeit braucht. Gehen Sie viel unverkrampfter daran!«, hörte ich den Doktor sagen. Aber ich war doch gar nicht verkrampft!
Drei Monate später waren wir jedes Wochenende auf Sylt, was unsere finanziellen Verhältnisse eigentlich überstieg. Als ich an einem Samstagmorgen aufwachte, lagen zwei Babyschuhe auf meinem Kopfkissen. Ich wurde Vater. Nachmittags lag ich bei kühlerem, aber nicht unangenehmem Wetter nach einem Besuch der Sansibar rücklings am Strand und betrachtete den Zug der Wolken. Schauer des Glücks, aber auch der Furcht liefen durch meinen Körper. So viel Verantwortung.
Für den bevorstehenden Nachwuchs zogen das Böse Mädchen und ich in eine Luxusmietwohnung nach Staaken an den Berliner Stadtrand. Die nächste Querstraße lag bereits in Brandenburg. Das dritte Zimmer der Wohnung sollte das Kinderzimmer werden. Die Aussichten

auf einen Kindergarten- und Schulplatz in der Nähe waren hervorragend, umliegende Wäldchen und Seen fußläufig leicht mit einem Kinderwagen zu erreichen. Hinter dem Haus lagen ein kleiner Kinderspielplatz und Parkplätze, auf denen wir unsere Autos unbesorgt abstellen konnten. An unserem ersten Heiligabend in der neuen Wohnung standen Rehe im Schnee auf der Straße vor unserem Haus. Ein Geräusch ließ sie im Unterholz verschwinden. Noch nie hatte ich so wunderbar bürgerlich gelebt. Alles war gut, schien gut.
»Ja, bitte?«
»Sind Sie der Ehemann von Lovina?«
»Wer ist denn da, bitte?«
»Mein Name ist Sverson, ich bin der Chef von Lovinas Modelagentur.«
»Oh, Lovina hat schon viel von Ihnen erzählt.«
»Sie sollten schnell ins Wenkebachkrankenhaus fahren. Lovina ist hier in der Agentur zusammengebrochen und musste von der Feuerwehr abgeholt werden. Der Sanitäter sagte, dass es mit der Schwangerschaft zu tun haben könnte. Ich bin gerade auf dem Weg in die Klinik. Bis gleich!«
Klick! Das Geräusch am Ende des Telefonats höre ich noch heute. Ich fühlte nichts in mir und um mich herum. Es war kalt, mein Körper taub. Mechanisch setzte ich mich in Bewegung, nahm den Autoschlüssel, ging wortlos an der Rechtsanwaltsgehilfin am Empfang vorbei, verließ die Kanzlei, bestieg meinen Wagen und fuhr los. Ich wusste hinterher nichts mehr von der Fahrt. Meine Erinnerung setzte erst in dem Moment wieder ein, als der Wagen die Bordsteinkante berührte. Ich hatte keinen Parkplatz gefunden und ließ das Auto einfach auf dem Bürgersteig stehen. Lovina lag in Zimmer 103, sie weinte, ihr Make-up war verlaufen. Sverson verließ das Zimmer, als ich eintraf.
»Das Baby ist tot, wir haben unser Kind verloren.« Ich setzte mich auf die Bettkante und nahm Lovina in die

Arme. Sie weinte noch stärker. Ich konnte nicht. In mir war alles tot. Ich funktionierte. Ich hatte mir so sehr eine Tochter gewünscht. Sie sollte Chiara heißen. Als ich ging, war Sverson schon weg.

Im Gedenken an unser ungeborenes Kind pflanzten wir im Garten von Lovinas Elternhaus einen Rosenstrauch. Lovina war nach zwei Tagen aus dem Krankenhaus entlassen worden. Den Ärzten hatte nicht ihr Körper, sondern ihr Gemütszustand Sorgen bereitet. Der Oberarzt hatte mich hierüber informiert.

»Passen Sie auf sie auf. Ihre Frau braucht sie jetzt!«
Ich passte auf Lovina auf. Sie weinte, ich nicht.
Sverson kam uns besuchen, was ich rührend fand.

»Bis dass der Tod Euch scheidet ...«, ging mir durch den Kopf, als ich Wochen später nach der Arbeit Lovinas Brief auf dem Esstisch gefunden und gelesen hatte. Bis dahin war ich fest überzeugt gewesen, dass Lovina und ich alles meistern könnten, wir unsere Hände nie loslassen würden. Sie ließ meine Hände los. Gelähmt las ich aus ihren Zeilen, wie sich Finger um Finger löste, bis ich fassungslos meine nackte Hand anstarrte. Lovina müsse zu sich kommen, nachdenken und sei bei ihren Eltern, stand dort in ihrem Brief. Sie würde sich melden. Ich setzte mich auf einen Esszimmerstuhl, die Blätter glitten aus meinen Fingern und fielen zu Boden. Dort saß ich stundenlang, bis in die Nacht, und konnte immer noch nicht weinen. Auf eine eigentümliche Art starb ich. Roboterhaft funktionierte ich am nächsten Tag und ging arbeiten. Wenige Tage später kam Lovina als Fremde zurück. Ich spürte kein Band mehr zwischen uns. Lovina behandelte mich gleichgültig und trennte unseren gemeinsamen Lebensfaden Stück für Stück auf. Ich ertrug alles und wusste nicht, ob sie sich, mich oder uns beide bestrafen wollte. Alles, was ich machte, war falsch. Manchmal sprach Lovina nicht einmal mehr mit mir. Ich wollte ihren Schmerz auf mich nehmen. Vielleicht hätte es mehr genutzt, wenn ich meinen eigenen Schmerz gezeigt und

geweint hätte. Meine Trauer lebte ich immer noch nicht aus. Vermutlich war es das, was ihr fehlte, unser gemeinsamer Zusammenbruch, meine Trauer, Schwäche. Seit dem Verlust des Kindes waren wir nicht mehr intim gewesen. Ich hielt mich zurück, Lovina zeigte keinerlei Interesse. In zwei Wochen, so hatten wir geplant, wollten wir zusammen nach Ibiza fliegen. Den nahenden Urlaub sah ich als Rettungsanker. Zeit. Zeit für uns. Nähe. Zusammenrücken. Hände ergreifen. Frieden finden. Zukunft.
Der Anker verschwand in den Fluten ihrer Worte.
»Ich fliege nicht mit dir nach Ibiza, stornier die Buchung!«
»Wa-as, wie bitte?«
»Ich fliege allein nach Portugal. Sverson hat mir angeboten, sein Haus kostenlos bewohnen zu dürfen.«
»Aber ...«
»Nichts aber. Meine Entscheidung steht. Ich brauche Abstand. Muss mir über alles Gedanken machen, auch über unsere Ehe ...«
Tränen schossen zum ersten Mal seit langer Zeit in meine Augen. Ich war sprachlos und akzeptierte ihre Entscheidung kampflos. Ich war müde, vielleicht auch schon gebrochen. Lovina hatte sich in den letzten Wochen weiter von mir entfernt und war immer häufiger ohne Vorankündigung erst spät abends nach Hause gekommen. Ich hatte wie gelähmt auf sie gewartet, aus dem Fenster auf die Straße gestarrt, nach ihrem Wagen Ausschau gehalten. Bei jedem Autoscheinwerfer hatte ich gehofft, dass es ihrer sein möge, ich hatte mein Handydisplay beobachtet, gewünscht, dass sie anrief, mir eine Kurzmitteilung schrieb. Ich war bei jedem Geräusch aufgeschreckt, das vom Parkplatz oder Hausflur her zu hören war, in der Hoffnung, es käme von ihr. Ans Telefon war sie nicht gegangen. Nachfragen hatte sie auch nicht beantwortet.

»Hör auf zu heulen. Ich ertrage Deine Tränen nicht. Zeig Stärke, nimm Dein Leben wieder in die Hand! Das würde mich jetzt beeindrucken.« Zuvor war ich bereits gebrochen gewesen und hatte es auch nicht mehr länger verbergen können. Lovina empfand mich als Jammerlappen. Das gab mir den Rest.
Am Flughafen Berlin-Schönefeld erklärte mir das Böse Mädchen, ich solle mir keine allzu große Hoffnung machen, dass wieder alles gut werde, aber auch nicht zu viel Sorgen. Weg war sie, meine Frau. Ich hatte ihr noch das Ticket gezahlt, mit dem sie mich jetzt verließ. Noch nie war ich so verzweifelt gewesen. Viktor, ein Rechtsanwalt, mit dem ich mich in der letzten Zeit angefreundet hatte, wartete verabredungsgemäß eine Etage tiefer am Last-Minute-Schalter. Ich hatte ihn Tage zuvor inständig angefleht, alles stehen und liegen zu lassen und mit mir eine Woche wegzufliegen. Ich musste raus. Viktor hatte den Ernst der Lage wohl erkannt und wider Erwarten kurzerhand eine Woche Urlaub bekommen. Mein Chef hatte sich erst überzeugen lassen, als ich begonnen hatte, vor ihm zu heulen. Viktor und ich buchten eine Woche Cala Millor, Zwei-Sterne-Hotel mit Halbpension. Egal.
Die Woche auf Mallorca war ein Überlebenskampf für mich. Viktor war gut darin, mich abzulenken und ernste Gespräche zu führen.
»Mach dir mal Gedanken, was dir wirklich an Lovina gefällt und was nicht. Schau mal dorthin, wo du sonst nicht hinsiehst.«
Das versuchte ich. Stück für Stück entblößte sich das Böse Mädchen in dieser Woche. Ich sah hin. Keiner meiner Freunde war für Lovina gut genug gewesen. Für meine New-Wave-Vergangenheit und die Partys mit Marius, Toni und Lukas, die immer noch einmal im Monat stattfanden und die ich manchmal besuchte, hatte sie nur Verachtung übrig. Die erste Zeit waren wir mit meinem Gehalt gut über die Runden gekommen. Zuletzt hatte

sich Lovina immer häufiger über unseren, in ihren Augen unbefriedigenden Lebensstandard beschwert.
»Dreitausend Mark, wie willst du denn für dreitausend Mark mit mir in den Urlaub fahren und dann auch noch nach Ibiza, wo sowieso alles teuer ist?«
Das hatte gesessen. Ich war also ein Versager in ihren Augen. Auch meine Mutter und meine Schwester konnte sie in letzter Zeit nicht mehr leiden, warum auch immer. Darüber sprach sie nicht. Lovina mäkelte gern an allem herum. Nichts war gut genug für meine schwedische Prinzessin. Ich auch nicht? Auf der anderen Seite stand meine starke Liebe für Lovina. Ich versuchte, Sverson anzurufen. Vielleicht hätte er einen Rat. Die beiden kannten sich schon länger. Ich konnte ihn nicht erreichen.
»Bist du zu einem Schluss gekommen?« Nach einer Woche Mallorca saß mir Lovina auf unserer Couch in Staaken gegenüber.
»Ja ...«
»Und?«
»Ich habe die Liebe zu dir verloren ...«
»Lovina. Das ist vielleicht einer der wichtigsten Momente in unserem Leben. Kannst du das noch einmal wiederholen? Denke bitte vorher darüber ganz, ganz doll nach!«
[Schweigen]
»Ich habe die Liebe zu dir verloren ...«
[Langes Schweigen]
»Dann möchte ich die Scheidung. Ich packe ein paar Sachen und verschwinde aus unserer Wohnung. Ich möchte, dass du in zwei Wochen ausgezogen bist! Schließlich zahle ich sowieso alles.«
Ich weiß nicht, woher meine Worte und Entschlossenheit kamen. Ich hatte sie mir nicht zurechtgelegt. Nach meiner Rückkehr hatte sie mich mit einem Kuss auf die Wange und zum ersten Mal überhaupt mit meinem Vornamen begrüßt. Paradoxerweise hatte sie mir ein Urlaubsgeschenk, eine geschmackvolle Krawatte, mitge-

bracht und meine Lieblingssuppe gekocht. Ich packte meine Sachen und fuhr los. Unser Stern war gesunken.

Schlick in meinen Händen III

»Ich kann nicht mehr ... bin total im Arsch.«
»Es ist eine harte Zeit für dich ...«
»Kipp erst mal einen hinter.«
»Danke.«
»Probleme können schwimmen!«
»Weiß ich. Noch einen«
[Schweigen]
»Ich verstehe es nicht ...«
»Manche Dinge kann man nicht verstehen.«
»Wie ist es dazu gekommen? Was habe ich falsch gemacht? Was habe ich nicht gesehen oder nicht sehen wollen?«
»Ich weiß es auch nicht.«
»Ich möchte es doch so gern verstehen.«
»Du willst immer alles verstehen.«
»Ja. Dann geht es mir besser.«
»Wirklich? Denkst du, dass dein Kopf alles richten kann?«
»Darum geht es nicht.«
»Worum geht es dann?«
»Sie hat einfach die Liebe zu mir verloren. Ich habe alles gegeben. Gekämpft. War für sie da. Habe mich hintenangestellt. Wollte stark sein.«
»Vielleicht ist das der Grund.«
»Wie meinst du das?«
»Vielleicht hätte Lovina deine Tränen, deine Trauer, deinen Zusammenbruch gebraucht?«
»Ihr ging es doch so schlecht. Sie brauchte mich.«
»Was hat dir dein Verhalten genutzt? Nichts. Sie ist weg.«
»So einfach ist das nun auch wieder nicht. Zum Paartanz gehören zwei.«
»Ja genau, zwei, die zusammen Glück und Trauer erleben, lachen und weinen.«

»Auch ich war traurig.«
»Hast du es ihr gezeigt?«
[Schweigen]
»Nein, nicht wirklich. Ich habe es mal gesagt.«
»Mensch, du weißt doch nicht wirklich, warum sie die Liebe zu dir verloren hat. Vielleicht war der Verlust des Kindes nur der Tropfen, der das Fass bei ihr zum Überlaufen gebracht hat. Wahrscheinlich weiß nicht einmal Lovina selbst, warum sie dich nicht mehr liebt. Vielleicht liebt sie dich noch, kann es aber momentan einfach nur nicht fühlen, geschweige denn sagen.«
»Meinst du wirklich?«
»Ich weiß es doch auch nicht. Niemand kann in den anderen hineinsehen. Wir denken so oft, dass wir etwas wissen. Letztlich wissen wir einen Scheiß.«
»Wenn sie mich noch liebt, wieso hat sie so etwas gesagt?«
»Vielleicht hat sie sich nach dem Verlust des Kindes von ihren Emotionen abgeschnitten.«
[Pause]
»Ich bin zerstört, echt am Arsch.«
»Wie, zerstört?«
»Ich wollte nie heiraten. Dann habe ich Lovina kennengelernt, die große Liebe meines Lebens. Heiratsantrag nach einem Jahr, standesamtliche Trauung, kirchliche Hochzeit nach einem weiteren, neue Wohnung, Möbel, alles Ersparte investiert, Schwangerschaft, alles klar nach Fahrplan. Babyschuhe auf meinem Kopfkissen. Alles sah so gut aus. Ich war sogar bereit, in diese spießige Gegend nach Staaken zu ziehen. Innerhalb von sechs Monaten geht alles den Bach runter. Ich bin völlig im Arsch.«
»Was willst du jetzt tun?«
»Keine Ahnung.«
»Willst du um sie kämpfen?«
»Keine Kraft. Wozu auch?«
»Für die Liebe deines Lebens?«
»Ist sie das? Ich bin mir da nicht mehr so sicher.«

»Das kannst nur du beurteilen.«
»Selbst wenn, eine zerbrochene Porzellanschüssel kann man kleben, die Risse wird man aber immer sehen können. Das Leben ist auch so schon heftig genug.«
»Vielleicht lohnt es sich auch mit Rissen. Wir alle haben sie.«
[Schweigen]
»Ich kann nicht mehr. Ich hau ab.«
»Willste noch einen?«
»Bin voll.«
»Pass auf dich auf!«
»Tschau und danke fürs Zuhören.«
»Ach ja, angele nicht aus dem Fluss des Zorns, seine Fische sind vergiftet!«
»Schönen Dank auch …«

Abtauchen

Ich verließ unsere Wohnung am Stadtrand mit einer kleinen Tasche in der Hand. Ich hatte noch drei Tage frei. Viktor hatte mir auf Mallorca angeboten, dass ich im Notfall für ein paar Tage bei ihm unterkommen könnte. Marius und Felix würden mich bestimmt auch eine Weile bei sich wohnen lassen. Hier stand ich nun also auf dem Parkplatz vor meinem Heim, das keines mehr war. Der Himmel war in wolkenloses Blau getaucht. Es war heiß. Die Luft über dem Teer flimmerte. Es roch nach Sommer und Urlaub. Nichts passte zusammen. Die Sonne schien auf den Trümmerhaufen meines Lebens. Ich verstaute meine Tasche im kleinen Kofferraum. Der Motor sprang an. Ich fühlte nichts in mir. Langsam fuhr ich vom Grundstück, ohne mich noch einmal umzusehen. Ich hatte Angst, schwach zu werden und umzudrehen. Wohin sollte ich? Einen Plan hatte ich nicht. Meine Konsequenz gegenüber dem Bösen Mädchen überraschte mich. Es hatte keinen Plan A und erst recht keinen Plan B gegeben. Vielleicht hatte ich meine Wahrheit auf Mallorca gefunden, folgte ihr jetzt instinktiv. Die Gespräche mit Viktor hatten Lovina entzaubert. Ich sah nun hin.
Möglicherweise stand das Ende meiner Ehe schon länger im Buch meines Lebens geschrieben, und ich hatte nur das Lesen verlernt. Um Zeit zu gewinnen, fuhr ich einfach los und kam über Falkensee auf den Berliner Ring. War ich nun frei? Wohin nur mit der Freiheit? Mein Komet hatte beim Umkreisen seiner Sonne Lovina immer mehr an Substanz verloren. Ich war so klein. Mein innerer Kern war ausgebrannt.
Auf dem Berliner Ring musste ich mich entscheiden, ein kurzfristiges Ziel für mich suchen, die nächsten Sekunden, Minuten und Stunden überleben. Viktor kannte mich im Moment am besten. Tapfer hatte er sich in den lauwarmen Sommernächten in Cala Millor meine Ge-

schichte immer und immer wieder angehört. Über Dreilinden fuhr ich nach Berlin rein. Es war ein bisschen so wie damals, als ich mir in dieser Stadt eine Wohnung gesucht hatte. Ich rief Viktor an.
»Ich bin gegen sechs da, warte gegenüber im Stadtcafé.«
Das tat ich.
[...]
»Ja, bitte?«
»Hier ist Kurt.«
»Hallo, Chef.«
»Wie geht es dir?«
»Geht so.«
»Okay, ich weiß, dass du noch frei hast und in einer Scheißsituation steckst, aber ich brauche jetzt eine Entscheidung von dir. Geht nicht anders.«
»Okay.«
»Du kannst ab Montag in unserer Sozietät in Münster mit dem Schwerpunkt Strafrecht arbeiten. Das wolltest du doch immer. Wahrscheinlich nur für ein Jahr. Du hast ungefähr drei Sekunden Zeit, dich zu entscheiden, sonst frage ich Peter.«
»Ich mach's.«
»Super. Ich rufe gleich in Münster an. Die haben zwei Ausfälle, Mutterschutz, das wird viel Arbeit werden.«
»Macht nichts. Ist mir recht.«
»Gut! Und sonst?«
»Lief schon besser.«
»Komm morgen mal vorbei, auch wenn du Urlaub hast. Dann mehr.«
»Klar. Danke, Kurt.«
Ich winkte die Bedienung ran und bestellte mir ein Herrengedeck. Nach dem dritten kam Viktor. Ich hatte bereits einen in der Mütze.
»Ich gehe nach Münster.«
»Was ist das wieder für'n Scheiß?«
»Ehrlich, der Kurt hat mich grad eben angerufen. In der Sozietät in Münster gibt es Ausfälle. Er möchte, dass ich

dorthin gehe. Ich hatte ihn mehrfach darauf angesprochen, dass ich mich für Münster interessiere. Die haben den Schwerpunkt Strafrecht. Genau mein Ding. Lovina wäre sogar mitgegangen. War vorbesprochen.«
»So etwas gibt's doch nur im Film! Wenn das kein Geschenk des Himmels ist.«
»Genau. Hallo, Entschuldigung, bitte noch eine Runde für uns beide.«
Viktor und ich versackten ganz böse in dem Café.
Am nächsten Morgen wachte ich mit Kopfschmerzen und einem flauen Gefühl im Magen auf. Erst wusste ich gar nicht, wo ich war. Mein Rücken zwickte von Viktors dunkelbrauner Ledercouch, die zwar schön aussah, aber das war es leider auch schon. Eine Fliege zog unter der Decke ihre Bahnen und landete zwischendurch immer wieder mitten im Weiß. Meine Augen folgten ihr, die Augäpfel taten dabei weh. Ich hatte Angst aufzustehen. Verdammte Herrengedecke! Mein Kopf schien bei der kleinsten Bewegung platzen und mein Magen seinen Inhalt auf Viktors geschmacklosen roten Perserteppich auskotzen zu wollen. Das hatte ich ja wunderbar hinbekommen. Einen Tag nach der Trennung vom Bösen Mädchen, die mir in diesem schwachen Moment gar nicht so böse erschien, lag ich mit Katzenjammer in Viktors Wohnzimmer und beobachtete eine Fliege. Ein Blick auf die Uhr verschlimmerte das Drama. 11:13 Uhr. Ich hatte Kurt versprochen, heute Vormittag vorbeizukommen. Jetzt auch noch in diesem Zustand. Im Badezimmer rettete ich, was zu retten war. Frisch geduscht, aber noch nebelig im Kopf verließ ich das Haus und ging zum U-Bahnhof Alt-Tempelhof. An Autofahren war nicht zu denken.
»Mensch, du siehst ja scheiße aus!«
»Danke, Chef.«
»Na ja, also das mit Münster geht klar. Du sollst Montag um 10:00 Uhr in der Kanzlei sein. Alles Weitere erfährst

du dort. Ich möchte deine aktuellen Fälle mit dir besprechen, bevor ich sie an die anderen verteile.«
»Klar.«
»Ach ja, hier ist die Adresse von einem günstigen, möblierten Zimmer. Hat mir Münster durchgegeben.«
»Danke.«
Danach ging ich noch einmal in mein Büro, um die wenigen Sachen einzupacken. Die Szene erinnerte mich an amerikanische Polizistenfilme, in denen geschasste Ordnungshüter ihre Habseligkeiten in einem offenen Pappkarton verstauen. Meine Akten hatte ich Viktor bereits bei der Besprechung übergeben. In der Buchhandlung um die Ecke erstand ich einen Reiseführer über Münster. Die Stadt soll einer kanadischen Studie zufolge eine der lebenswertesten der Welt sein. Bis auf den Regen konnte ich das später bestätigen, auch wenn es dort angeblich nicht häufiger regnen soll als anderswo in Deutschland.
»Entweder es regnet, oder es läuten die Glocken. Und wenn beides zusammenfällt, dann ist Sonntag«, lautet ein Münsteraner Sprichwort. Die Stadt mit rund 270.000 Einwohnern und ca. 48.000 Studenten liegt in Westfalen nahe der holländischen Grenze und ist Sitz eines katholischen Bischofs. Viele Häuser sind aus Backstein. Hochhäuser und Mietskasernen? Fehlanzeige! Die Stadt war Mitglied der Hanse gewesen, und die kaufmännische Prägung lässt sich am Prinzipalmarkt noch gut erkennen. Münster ist die Hauptstadt der Fahrräder. Wo sonst – außer Herford – gibt es noch ein Fahrradparkhaus? Für mich sollte das später alles heile Welt sein, soziales Elend war kaum sichtbar. Endlich keine Schmierereien an Hauswänden, Brücken und Zügen. Busfenster waren nicht zerkratzt.
Mein Büro hatte ich verlassen, ohne mich noch einmal umzudrehen. Ich ging zu Kurt, um mich zu verabschieden und für sein Vertrauen zu bedanken. Immerhin ging ich auf seine Empfehlung nach Münster. Von den anderen in der Sozietät verabschiedete ich mich nicht. Mir war

übel, mein körperlicher Zustand, vom seelischen möchte ich gar nicht sprechen, war immer noch eine einzige Katastrophe. Auf dem Rückweg zu Viktors Wohnung schickte ich Lovina eine Kurzmitteilung, dass ich mir am Abend ein paar persönliche Sachen abholen würde und sie bitte nicht da sein solle. Ich erhielt keine Antwort. Glücklicherweise war sie dann tatsächlich außer Haus, als ich ankam. Viktor hatte darauf bestanden, mitzukommen.
»Alter, du brauchst Begleitschutz!«
Das war mir mehr als recht, da ich Angst hatte, Lovina zu sehen, besonders allein. Ich fühlte mich schwach.
Nichts bleibt, wie es war. Die Wohnung, in der ich einmal mit Frau und Kind wohnen wollte, wirkte jetzt schon fremd auf mich. Planlos packte ich zwei Taschen zusammen und war froh, wieder draußen zu sein. Das Bild von Lovinas Unterwäsche auf dem Wäscheständer hatte mir sprichwörtlich den Rest gegeben. In Viktors Auto stand mir das Wasser in den Augen, aber ich sagte nichts. Plötzlich überraschte mich ein anderes Gefühl. Meine Schultern fühlten sich leichter an. Ich hatte keinerlei Verantwortung mehr für einen anderen Menschen. Hoffentlich war das nicht nur wieder ein Schutzmechanismus, damit der Wassermann befreit zum Meeresboden tauchen konnte, um sich seinem Schlick hinzugeben.
Am Sonntagnachmittag fuhr ich Richtung Westen los. An einer Autobahntankstelle kaufte ich mir einen Stadtplan für Münster und suchte mir einen halbwegs einfachen Weg zu der möblierten Wohnung heraus, den ich mit einem Kugelschreiber markierte. Die Telefonnummer des Vermieters stand auf Kurts Zettel. Ich hatte mich bei ihm zwischen sechs und acht angekündigt. Am Telefon hatte der Mann nett geklungen.
Um neun saß ich in meinem neuen Reich. Ein möbliertes Zimmer mit Kochnische und ein Bad mit Dusche, insgesamt 25 Quadratmeter. In der Trinkhalle an der Ecke hatte ich mir einen Sechserträger Krombacher und Chips

geholt. Ich fühlte mich wieder wie ein Student und auch ein bisschen wie ein Single.
Münster war ein Geschenk für mich. Die Vorstellung in der Sozietät war gut verlaufen, alle machten einen netten Eindruck, besonders nachdem ich erwähnt hatte, dass ich gar nicht in Berlin, sondern in Niedersachsen geboren worden und aufgewachsen war. Es warteten Aktenberge auf mich. Das war mir recht. So konnte ich mich durch Arbeit ablenken und den Schmerz betäuben. An mein im altdeutschen Stil eingerichtetes möbliertes Zimmer gewöhnte ich mich schnell. Schwere, dunkelbraune Möbelstücke kannte ich noch von meinen Großmüttern. Ein besonderes Geschenk war Marlene, die als Rechtsanwaltsgehilfin in der Sozietät arbeitete. In den ersten Tagen traute ich mich gar nicht, mit ihr zu sprechen. Sie war sehr hübsch, schlank und hatte zu allem Überfluss ausgerechnet auch noch blonde Haare und blaue Augen.
»Die ist hier die Perle«, hatte mir der Anwalt ein Zimmer weiter sofort mitgeteilt.
»Die wird ständig angemacht«, kam noch hinterher.
In die Schlange der Bewerber wollte ich mich nicht einreihen. Marlene nahm glücklicherweise die Sache in die Hand und lud mich nach einer Woche zum Picknick ein. Alle wussten von der Trennung von meiner Frau. Es hatte sich schon rumgesprochen. Wahrscheinlich hatte Kurt es erzählt. Ich wollte nicht darüber sprechen. Ich hoffte, dass Marlene mich nicht nur aus Mitleid einlud.
Am späten Nachmittag war ich ziemlich aufgeregt. Das war seit Jahren das erste Treffen mit einer anderen Frau als Lovina. Das Böse Mädchen spukte ständig in meinen Gedanken und Gefühlen umher. Alles war noch so frisch. Dennoch war ich über diese Verabredung glücklich. Ich war in der Fremde einsam. Marlene holte mich mit einem roten Käfer Cabriolet ab und fuhr mit mir zum künstlich angelegten Aasee, der seinerzeit ausgehoben worden war, um Münster vor einem Hochwasser zu schützen. Gekonnt breitete sie auf der Wiese eine rot-weiß karierte

Decke aus und drapierte das Essen. Kein Fleisch, sie war Vegetarierin. Marlene sprach nicht viel. Das war gewöhnungsbedürftig. So saßen wir nebeneinander und unterhielten uns zaghaft, bis es Nacht wurde. Dabei sah ich oft aufs Wasser hinaus und beobachtete die Enten und Schwäne. Ich habe mich wohl an diesem Abend ein wenig in Marlene verguckt. Meine Liebe gehörte aber trotz allem Lovina.
Die Arbeit in der neuen Kanzlei ließ sich gut an. Ab und zu traf sich Marlene mit mir. Sie gab mir Luft zum Atmen, die mir seit dem Bruch mit Lovina am meisten gefehlt hatte. Mittlerweile hatte ich auch schon ihren siebenjährigen Sohn Sebastian kennengelernt. Wir waren gemeinsam auf die Kirmes, den Send, gegangen. Das hatte mich sehr melancholisch gemacht. Eine blonde Frau mit Kind an meiner Seite. »Na, wie viele Lose will dir dein Papa denn kaufen?«, hatte der Losbudenverkäufer zu Sebastian gesagt. Ich fühlte mich erst geschmeichelt, dann traurig.
Ich hatte mein Kind, meine Frau, meine Ehe und mein neu bezogenes Heim in Rekordzeit verloren. Das Böse Mädchen hatte sich zwischenzeitlich bei mir gemeldet. Sie würde nur ausziehen, wenn ich sie auszahlte. 12.000 Mark. Schließlich müsse sie sich etwas Neues aufbauen. Dabei hatte Lovina mir einmal ungefragt versichert, dass sie niemals etwas von mir haben wolle, sollte es zur Trennung kommen. Ich lieh mir das Geld von meiner Großmutter und traf mich mit meiner Frau in meinem Heimatort beim Notar. Lovina weinte, als sie mich sah, gab mir einen Plüschteddybären und einen langen Erklärungsbrief, der mir nichts erklärte. Sie nahm das Geld und war wieder weg.
Zusätzlich zu den materiellen Sorgen wie Schulden, drohenden Scheidungsanwaltskosten und Steuerrückzahlungen sollte das wahre emotionale Ausmaß der Katastrophe mit dem Bösen Mädchen erst auf mich zukommen. Zum ersten Mal in meinem Leben hatte ich

etwas ganz und gar nicht verstanden und auch später keine Antwort gefunden. Ich war fast schon stolz, mich mit etwas abzufinden, was ich absolut nicht begriff.
Ein paar Wochen später war ich in Münster auf dem Rückweg von meiner Scheidungsanwältin. Mein Mobiltelefon klingelte. Lovina, das Böse Mädchen. Ich fuhr hektisch rechts ran und schaltete den Motor aus. Etwas Ungeheures kam auf mich zu. Ich spürte es. Lovina forderte mich auf, in einer dringenden Angelegenheit, über die sie nur persönlich mit mir sprechen könne, schnell nach Berlin zu kommen.
»Du bist schwanger?!«
»Woher weißt du das?«
»Keine Ahnung. Ich habe es eben gespürt. Bist du es denn?«
[Schweigen]
»Ja, aber das wollte ich dir persönlich sagen.«
[Schweigen]
»Warum willst du mir das sagen? Meinst du, es freut mich?«
»Nein, ich weiß, dass du nicht das Kind eines anderen großziehen würdest. Wenn ich abtreibe, kann ich zu dir zurück?«
»Bist du verrückt? Ich habe ein Kind verloren und soll nun für den Tod eines anderen verantwortlich sein?«
»Bitte überleg es dir!«
»Wie kommt es, dass du mich zurückhaben willst?«
»Ich liebe dich.«
[Pause]
»Du hast gesagt, dass du die Liebe zu mir verloren hättest!«
»Nein, habe ich nicht!«
»Lovina, ich habe dich damals aufgefordert, noch einmal nachzudenken, und es gegebenenfalls noch einmal zu wiederholen.«
»Was denn?«
»Dass du die Liebe zu mir verloren hast!«

»Habe ich nie gesagt.«
»Und warum bin ich dann gegangen und habe um die Scheidung gebeten?«
»Weiß ich bis heute nicht! Du hast mich wie einen räudigen Hund aus unserer Wohnung geschmissen!«
»Unglaublich ...«
[Pause]
»Wer ist der Vater?«
»Sag ich nicht!«
[Schweigen]
»Sverson!«
»Woher weißt du das?«
»Langsam blicke ich durch.«
»Was?«
»Wie lange läuft das schon mit Euch?«
»Sag ich nicht.«
»War es überhaupt mein Kind?«
»Natürlich!«
»Das glaube ich dir nicht mehr ...«
[Pause]
»Sverson hat sich so toll um dich gekümmert, wie reizend das war, er kam sogar zu uns nach Hause. Die Abende, an denen du erst ganz spät heimgekommen bist. Portugal, sein Haus. Ich konnte ihn in der Zeit nicht erreichen. Na klar, du warst mit ihm dort. Porsche, Villa, Kohle. Ihr habt mich dermaßen verarscht.«
»Nein, nein, so war das nicht. Er hat sich um mich gekümmert und dann ist es nach unserer Trennung passiert.«
»Und warum hast du mit ihm geschlafen?«
»Weiß nicht.«
»Ich glaub dir kein Wort. Ich komm nicht nach Berlin.«
Klick! Ich hatte aufgelegt.
Ich steckte kopfüber im Schlick. Es war dunkel um mich herum. Ich konnte mich nicht rühren, war gelähmt. Ich stand lange am Straßenrand. Schmerzen. Lloyd Cole

wunderschönes Lied klang aus den Lautsprechern: »Are you ready to be heartbroken. Are you ready to bleed.« Das Böse Mädchen erschien nicht zu unserem Scheidungstermin. Ihre Anwältin legte eine Krankschreibung aufgrund Schwangerschaft vor. Lovina behielt meinen Familiennamen, heiratete kurz darauf Sverson und nahm dann seinen Namen an. Zu ihrem ersten Kind, einem Mädchen, kam später auch ein Sohn hinzu.
Ein Jahr darauf ging es für mich nach Berlin zurück. Eine der Rechtsanwältinnen war nach ihrer Mutterschaftszeit in die Münsteraner Sozietät zurückgekehrt. Kurt wollte, dass ich zurückkam. Mein Hab und Gut aus Münster befand sich im Kofferraum. Für die Luxuswohnung in Staaken hatte ich im Laufe des Jahres einen Nachmieter gefunden und war vorzeitig aus dem Mietvertrag entlassen worden. Meine Möbel und Sachen lagerte ich bei einer Spedition ein. Kurt hatte mir ein möbliertes Zimmer besorgt. Es war mir recht.
Die Verabschiedung von Marlene fiel mir sehr schwer.
»Wenn du willst, komme ich mit nach Berlin!«
»Und dein Sohn?«
»Natürlich auch!«
»Du bist doch total verwurzelt hier!«
»Ja, ich hätte mir auch nie vorstellen können, einmal wegzugehen.«
Ich lehnte ab, weil ich Angst hatte. So einen Schritt traute ich mir nicht zu. Marlene bekam von Fleurop einen Strauß roter Rosen am Tag meiner Abfahrt zugestellt. Anders konnte ich ihr meine Gefühle nicht ausdrücken.

Der gefallene Engel

460 Kilometer Autobahn. Schwarz auf Gelb: Berlin. 3,4 Millionen registrierte Einwohner. Nach London die zweitgrößte Stadt in der EU, wenn es nach der Einwohnerzahl geht. Die Außengrenze misst 336 Kilometer, der Durchmesser Berlins bis zu 46 Kilometer. Deutschlands flächengrößte Stadt. Spree, Landwehrkanal, Wannsee, Brandenburger Tor, Reichstag, Siegessäule, Funkturm, ICC, Alexanderplatz, Fernsehturm, Kurfürstendamm, KaDeWe, Friedrichstraße, Hackescher Markt, Regierungs- und Diplomatenviertel, Grünfläche, Wälder, Farbschmierereien und Tretminen. Kurz hinter Dreilinden begrüßt mich der Berliner Bär auf seinem grauen Betonsockel. Zu Hause.
Mein neues möbliertes Zimmer lag in der Bleibtreustraße nicht weit weg von meiner alten und neuen Arbeitsstelle. Mein Chef hatte es mir besorgt und dabei wieder mal Stil bewiesen, sofern er die Wohnung überhaupt kannte. Ich hatte Kurt nicht gefragt, woher er sie hatte. Ich war einfach nur dankbar. Von 25 hatte ich mich auf 30 Quadratmeter verbessert, vor allem aber verfügte die Einzimmerwohnung über einen kleinen Balkon nach hinten raus in Südlage. Das versprach im vierten Stock abendliche Sonne. Die Möbel waren allesamt in Weiß gehalten, und wirkten im Einklang mit dem Parkettboden nobel. Ich verstaute meine Habseligkeiten und trank das erste Bier aus einem Sechserträger. Bier und Chips – wie damals nach meinem Umzug nach Münster, nur das Bier hieß diesmal Schultheiß.
»Willkommen zurück.«
»Danke, Chef.«
«Du hast dich prächtig in Münster gemacht. Mein Partner war hoch zufrieden mit dir.«
»Danke, Chef.«

»Es wird Zeit, dass du dich weiterentwickelst, mehr Verantwortung übernimmst.«
[Pause]
»Willst du Partner bei Engel & Draeger werden?«
»Wa-as?«
»Du hast schon richtig gehört. Ich biete dir eine Partnerschaft an.«
»Ich weiß nicht, was ich sagen soll, Kurt. Das ist ja unglaublich.«
»Sag Ja!«
»Ja!«
[Schweigen]
»Was ist mit Peter?«
»Ich frage dich.«
»Danke, Chef.«
»Prima, dann ist das geklärt. Ich lasse die Papiere fertigmachen. Das bedeutet noch mehr Arbeit. Ist dir das klar?«
»Vollkommen, ist mir recht.«
»Höre ich gern.«
»Und, Chef, danke noch mal für die Wohnung.«
»Du zahlst doch die Miete!«. Raus war ich aus Kurts Büro und sprachlos.
Ich arbeitete wie besessen. Die neue Verantwortung und meine Sucht nach Ablenkung und Betäubung beflügelten mich. Der Wassermann wusste ansonsten nicht viel mit sich anzufangen. An den Wochenenden ging ich mit Freunden aus. So spielte es sich ein. Arbeit, Arbeit, Arbeit unter der Woche, Cocktailbars und Clubs am Wochenende. Ich versuchte, möglichst nicht auf den Meeresgrund hinabzutauchen und im Schlick zu spielen.
Werden wir nicht alle als Engel geboren? Wann verlieren wir unsere Flügel? Trotz meines beruflichen Erfolgs stieg in mir immer wieder das mächtige Gefühl von Wertlosigkeit und Verlorenheit auf. Hatte ich darin versagt, meine Familie zusammenzuhalten, ein Kind zu haben, an seiner Haut zu schnuppern, in sein Gesicht zu sehen, ihm

die Welt zu erklären? Mein Familienstand lautete nicht mehr ledig oder verheiratet, sondern geschieden. Ich zahlte noch nicht einmal Unterhalt für ein Kind, um es wenigstens einmal in der Woche und alle zwei Wochenenden in den Armen halten zu dürfen.
Ich spürte immer deutlicher, dass ich nichts Besonderes war oder tat. Ich war kein Superman, Spiderman, Silver Surfer oder Prinz. Ich hatte weder die neunköpfige Hydra erschlagen, den kretischen Stier gefangen, die menschenfressenden Pferde des Diomedes gezähmt, die Rinderherde des Riesen Geryon geraubt noch konnte ich die Welt auf meinen Schultern tragen. Ich war kein weißer Ritter mit zwölf Tugenden. Kindliche Träume von Ruhm und Anerkennung waren in den Sekunden, Minuten, Stunden, Tagen und Jahren meiner Wirklichkeit verblasst. Der Sand in der Uhr meiner Wünsche und Träume war durchgelaufen. Unbarmherzig waren die Körner der Gravitation gefolgt und in den unteren Kolben gerieselt. Da unten lagen sie nun.
Ich ließ mich von der Ruhelosigkeit einnehmen. Nachts regierten Schlafstörungen. Ich arbeitete noch mehr. Meine innere Uhr tickte unaufhörlich. Das Geräusch ging mir nicht mehr aus dem Sinn und verschmolz mit mir.
Es gibt keine allgemeingültige Wahrheit oder Realität. Jeder von uns trägt seine Wahrheit und Realität in sich. Alles wird von jedem in seiner einzigartigen Gedanken- und Gefühlswelt anders wahrgenommen. Nicht einen einzigen Satz verstehen zwei Menschen gleich. Verkrampft und vergeblich sind wir bemüht, unsere Wahrheiten zu denen anderer zu machen und uns in der Realität anderer wiederzufinden. Das kann nur schiefgehen.
Sonntagmorgen. Ich erwachte auf dem Futonklappbett in weißer Bettwäsche. Weißer Tisch, zwei weiß lackierte Holzstühle, weißes Regal, weißer Kleiderschrank, zwei Elefantenfüße in weißen Übertöpfen, weiße Kochnische, weiße Wände, braunes Parkett, zugezogene weiße Gar-

dinen. Zu Hause. Schutz. Rückzugsgebiet. Refugium. Alles so weiß. Weißer Ritter ... Gleißende Sonnenstrahlen bahnten sich ihren Weg durch die dünnen, weißen Vorhänge, tasteten sich vor und fielen auf mein Gesicht. Wie spät war es wohl? Erst halb neun? Warum war ich schon wieder wach? Ich wollte die Spuren der Nacht verwischen. Ein kundiger Fährtensucher hätte sie weiterhin erkannt. Die Kopfschmerztablette vor dem Schlafengehen hatte nichts geholfen. Umsonst. Nikotingeschmack. Widerlich. Warum hatte ich unbedingt wieder mit dem Paffen anfangen müssen? Meine Augen wanderten lustlos durch das Zimmer. Alles noch da. Sollte ich aufstehen? Eigentlich war es zu früh. Zu früh für was? Es war wieder einmal Sonntag, verdammter Sonntag.
Familientag. Sonntagsaversion. Wahrscheinlich befand ich mich in guter Leidensgesellschaft in der inoffiziellen Hauptstadt der Singles. Wo war ich gewesen? Immer dieselben Bars, Clubs, Leute, Gespräche, dasselbe Blabla. Zuckende Leiber. Ich fühlte mich fürchterlich, hatte keine Lust, mich zu bewegen, zu nichts Lust. Leere. Bewegungen taten weh. Was war gestern? Hatte ich etwas vergessen, musste ich mich bei jemandem entschuldigen, konnte ich mich an alles erinnern? Besser nicht weiter nachdenken. Gefahren lauern. Ein Konterbier war nicht drin. Allein der Gedanke verstärkte den Brechreiz. Ich horchte in meinen Körper hinein. Was wollte er mir sagen?
»Tu mir, tu dir nicht weh!« Nein, tatsächlich sagte er nichts. Jedenfalls hörte ich nichts, wollte nichts hören.
Was sollte ich bloß mit diesem Tag, meinem Leben oder zumindest dem Rest davon anfangen? Schlickgedanken. Die Klauen der Dunkelheit meiner verlorenen Seele griffen nach mir. Sie wollten mich hinunterzerren in meinen eigenen Höllenschlund. Ich hatte mich durch die Nacht geschwächt. Meine Mauern und Schutzvorrichtungen bröckelten. Ich musste die Klauen abwehren. Zu

schwach. Also Routine. Kaltes Duschen. An Frühstück war nicht zu denken. Das Hämmern der Musik klang in mir nach, meine Ohren rauschten. Ich liebte Musik. Nun stand sie für die Enttäuschungen der Nacht und für meinen desolaten Zustand. Was hatte ich von dem Abend erwartet?

»Erwartungen stehen in Schicksalsgemeinschaft mit Enttäuschungen«, war ein Sprichwort im Freundeskreis. Die Klauen griffen nach mir. Auf ihnen waren die Worte Zweifel, Schwäche und Zerstörung eintätowiert. Sie griffen zu. Ich war schutzlos. Zu viele Fragen mit »Warum« und »Wieso« für einen Sonntagmorgen, einen Familientag. Warum warst du aus? Wieso bist du so lang geblieben? Worauf hast du gewartet? Was willst du, wohin willst du? Wozu das alles? Fragen der Dunkelheit. Ich war schwach. Das Chaos regierte. Warum gab ich nicht einfach nach, ließ mich fallen und suhlte mich in seinem Sumpf und im Schlick? Es wäre doch so einfach. Nie wieder stark sein, nie wieder kämpfen.

Ich hatte zu viel Furcht, mich nie wieder herausziehen zu können, und kein Vertrauen, dass es jemand anderes für mich tun würde. Ich musste selbst für mich sorgen. Hatte ich die Kraft, mein Refugium zu verlassen? Wollte ich Menschen sehen, die sinnvoll beschäftigt, zufrieden, glücklich oder verliebt waren? Ich wollte sie nicht treffen. Ich hätte sie nicht ertragen können. Zu viele Fragen wären in mir aufgestiegen. Fragen über mich.

Werden wir nicht alle als Engel geboren? Wann verlieren wir unsere Flügel? Wann fallen wir? Verlieren wir unsere Unschuld und trachten unser Leben lang nach ihrer Rückerlangung?

Ich war gefallen.

Ich war schwach. Ich brauchte Ratgeber. Ungebeten ließen sich zwei auf meinen Schultern nieder. Engel und Teufel soufflierten mir abwechselnd und gleichzeitig.

[Schwarzes Gewand:] »Alles in Ordnung, Alter. Mach dir keinen Kopp. Scheiß auf die Meinungen anderer. Du bist

völlig okay. Es liegt an den anderen. Die verstehen dich nicht. Vergiss sie. Gib Gas. Gib alles. Hau rein und mach dir bloß keinen Kopp! Lebe. Alles ist gut!«
[Engelskostüm:] »Höre auf deine innere Stimme. Denke nach. Schau hin. Es ist nicht alles Gold, was glänzt. Suche die Antworten in dir. Folge deiner Wahrheit. Geh los. Finde den Weg, der zu dir führt. Fang an, dich zu mögen, dich dafür zu mögen, was du bist. Hör auf, etwas sein zu wollen, was Du nicht bist oder was nur andere von dir wollen. Vertrau deinem Bauch, nicht deinem Kopf. Finde deinen Platz!«
Ich war total durcheinander. Nicht einmal mein Schlick bot mir noch Sicherheit. Ich hörte immer mehr dem schwarz Gewandeten zu. Selbstgefällig und siegessicher flüsterte er mir die Botschaften der Niedertracht zu. Sie waren verführerisch. Keine Selbstzweifel mehr, die anderen ..., die anderen sind es, sie sind schuld. Das Scheinwerferlicht auf der Bühne der Eitelkeiten ist angenehm, vermittelt Nestwärme. Endlich war es mal warm.
Der Sonntag schleppte sich dahin. Am Abend schrieb ich einen Brief an mich selbst.
»*Meine Gedanken schweifen durch die Nacht und suchen nach einem festen Halt. Sie tasten die Konturen naher und ferner Formen ab. Kleine und große Unebenheiten nehme ich wahr. Der Körper meldet trotz Sommer Kälte. Es ist nicht die richtige Jahreszeit, um allzu nachdenklich zu sein. Nachdenklichkeit ist häufig mit Schwermut, Weltschmerz, einem Gefühl der Trauer und Melancholie verwandt. Meine Batterien zeigen immer noch Leerstand. Wo kann ich sie aufladen? Meine Abwehrgeschütze ruhen. Der Nebel meines Schweigens hüllt mich ein, verschleiert meine Konturen nach außen. Der Sommer ist da und lässt mich die Kälte in mir um ein Vielfaches stärker wahrnehmen. So schalte ich den Sender ein und schleudere die Wellen in den Äther hinaus, warte auf Empfang. Vielleicht ist es nicht mehr als ein Schrei in der Dunkelheit der erkalteten Wüste. Nichts tut sich. Bin ich denn allein? Hallo, Ihr da draußen. Hört mich niemand? Hallo ... Du musst doch ir-*

gendwo da draußen sein. Warum antwortest Du nicht? Es suchen so viele. Die Kälte schlängelt sich an meinem Körper empor, umspielt, bedeckt mich, kriecht schließlich in mein Herz. Was geschieht mit mir? Was lasse ich geschehen? Etwas erfriert in mir und wird für immer vergraben. Eine Erfahrung. Sie ist es nicht wert, gemacht zu werden. Es ist der Lauf der Dinge. Ich brauche eine Wärmequelle, muss mich bis zur Stunde der Erlösung von der Kälte warmhalten. Wer bist Du, wie ist Dein Name, wo bist Du, warum kommst Du nicht? Ich habe Angst. Meine Narben sind frisch, sie schmerzen. Der Schmerz erhält durch meine Seele Nahrung. Der Schlund ruft. Die Klauen greifen. Alles kreist. Meine ausgesandten Wellen wabern durch den Äther, prallen ab. Seid Ihr alle aus Blei? Wie sollen sie Euch erreichen? Das Warten schmerzt. Es ist kalt um mich herum. Die Lichter der Großstadt funkeln. In den Fenstern leuchten die unheilvollen Boten von Zweisamkeit und Glück in bunten Farben. Ich habe mich von der Kälte überraschen lassen und nicht einmal für geeignete Schutzkleidung gesorgt. Unvorbereitet traf mich der Atem der Winternachtskälte. Ich stehe ihr nackt gegenüber und friere. Ich bin gefallen. Unheil kündigt sich an. Ich liege frierend im Schnee. Mein Körper schlottert vor Kälte. Langsam wird alles taub. Der Schmerz hört auf. Es fühlt sich gut an. Ich lasse mich fallen. Versinke.«

Aber auch dieser Sonntag ging vorbei.

Montagmorgen: Ich duschte, kleidete mich mit einem grauen Anzug, weißem Hemd und passender Krawatte. Ein letzter Blick in den Spiegel bestätigte meine Wahl. Einzig die Augenränder nach schlafloser Nacht störten.

Schlick in meinen Händen IV

»Bist du schön?«
»Nein!«
»Ehrlich!«
»Und wenn, würd ich's nicht sagen. Dann käme doch nur wieder die alte Leier mit dem Narzissten. Das kotzt mich eh an.«
»Noch mal, vielleicht anders formuliert, fühlst du dich schön?«
»Das liegt doch im Auge des Betrachters.«
»Ich habe dich gefragt! Lenk nicht ab.«
»Vielleicht manchmal.«
»Diplomat.«
»Warum fragst du?«
»In einen schönen Menschen verlieben wir uns, weil Schönheit Verlangen wecken und zugleich das Gefühl von Besänftigung und Zufriedenheit vermitteln kann. Das gehört auch zur Liebe. Schönheit ist eine Verheißung von Glück.«
»Und?«
»Erst mal, bist du glücklich?»
»Nein. Kann man denn dauerhaft glücklich sein?«
»Wahrscheinlich nicht.«
[Pause]
»Was meinst du, wie die anderen dich sehen?«
»Ach, Außensicht und Eigensicht gehen doch immer weit auseinander!«
»Das beantwortet die Frage nicht.«
[Schweigen]
»Arrogant, eingebildet, Schönling, schwul, metrosexuell, Frauenheld, das Übliche eben, wenn man mich nicht kennt oder sich nicht die Mühe machen möchte, näher hinzusehen.«
»Ist das wirklich das Übliche?«

»Natürlich nicht. Ich biete eben viel Projektionsfläche. Man hat mir ja auch schon geraten, unauffällige Klamotten zu tragen und mir einen Mittelscheitel und Oberlippenbart zuzulegen.«
»Warum machst du es dann nicht?«
»Weil ich dann genau das täte, was andere mit ihrer Projektion beabsichtigen.«
»Das wäre?«
»Mich so zu verändern, wie sie mich haben wollen, ertragen können, anstatt mich so zu lassen, wie ich bin.«
[Pause]
»Wie siehst du dich denn?«
»Ich finde mich nicht besonders toll. Ja, ja, der sieht gut aus, ist ganz nett gebaut, zieht sich ordentlich an, ist ein guter Gesprächspartner und im Beruf. Mensch, das sind Äußerlichkeiten, die nach dem Abziehbild des perfekten Schwiegersohns klingen, aber nach mehr auch nicht. Eher stelle ich mich viel infrage, zerfleische mich und versuche immer mehr, mich dafür zu mögen, was ich bin und nicht bin, mir auch mal Fehler zu verzeihen. Ich bin kein Frauenheld und wollte es nie sein. Ich sehne mich nach Nähe und einer partnerschaftlichen Liebesbeziehung. Dabei habe ich verdammt viele falsche Abzweigungen genommen. Ich möchte, dass man meinen Kern mag, nicht die Frucht drumherum.«
[Pause]
»Warum brezelst du dich dann so auf und läufst Gefahr, von deinem Kern abzulenken?«
»Was bedeutet aufbrezeln denn für dich?«
»Viel Wert auf das Äußere legen, Frisur, Klamotten, Wirkung, Inszenierung.«
»Wie gesagt, habe ich keine Lust, mich der Projektion anderer zu beugen. Aber ja, ich bin eitel. Eitel ist für mich allerdings positiv besetzt und bedeutet in erster Linie gepflegt. Damit du nicht noch einmal nachfragen musst, ja, ich lege wert auf mein Äußeres.«
»Warum?«

»Es gibt zwei Möglichkeiten.«
»Die wären?«
[Pause]
»Ich mag mich und drücke mein Selbstwertgefühl nach außen aus oder ich mag mich nicht und versuche, das zu überdecken.«
»Was ist es bei dir?«
[Schweigen]
»Ich weiß es nicht. Beides?«
»Und im Moment?«
»Eher das Zweite, aber ich weiß es nicht so genau.«
»Das musst du eh für dich allein rausfinden.«
[Pause]
»Was soll das blonde Haar?«
»Was wird das denn jetzt?«
»Das ist nicht deine Naturfarbe. Warum also hellblond, in deinem Alter?«
»Wahrscheinlich brauchte ich nach Lovina eine markante Veränderung.«
[Schweigen]
»Findest du es toll, wenn sie dich Joops Sohn nennen?«
»Klar, Joop ist doch absolut klasse!«
»Versteckst du dich nicht hinter blonden Haaren, Fitnessstudio und Markenklamotten?«
»Mach ich doch gar nicht.«
»Aha, dann guck doch mal, wie du heute aussiehst, was du heute anhast! Schau in den Spiegel!«
»Scheiße, Mann, hör doch mal auf damit!«
»Warum? Weil es stimmt?«
»Vielleicht ...«
[Pause]
»Was sollen die Frauengeschichten?«
»Oh Mann! Ist das ein Verhör? Bin jetzt schon bedient.«
»Nein, du kannst jederzeit aussteigen. Die Wahl liegt bei dir.«
»Was meinst du mit Frauengeschichten?«

»Warum verstrickst du dich? Warum schläfst du mit Frauen, die dir nichts bedeuten?«
»Das tue ich gar nicht.«
»Sondern?«
[Schweigen]
»Warum behandelst du die Frauen so?«
»Wie meinst du das?«
»Du stößt sie von dir weg.«
»Ich sage ihnen nur die Wahrheit, dass ich im Moment nicht beziehungsfähig bin und sie sich nicht in mich verlieben sollen.«
»Und das klappt?«
»Nein.«
»Warum machst du es dann?
»Was denn?«
»Diese doppeldeutigen Botschaften.«
»Doppeldeutige Botschaften?«
»Du erzählst ihnen, dass sie sich nicht in dich verlieben sollen. Das ist doch geradezu eine Aufforderung dazu. Du erzählst weiter, dass du nicht beziehungsfähig bist. Das ist eine weitere Aufforderung, dich hinzubekommen, dir zu helfen, dich zu retten, das steckt doch in den Frauen. Du sagst also vordergründig Nein zu ihnen, rufst hintenrum aber um Hilfe. Dabei lädst du sie zum Essen ein, hältst die Tür auf, hilfst ihnen in den Mantel. Wer soll so was verstehen? Alles doppeldeutig.«
»Psychoscheiße.«
»Aha, und wieso geht es dir so beschissen?«
»Weil ich mich nach Nähe sehne und keine finde. Weil ich verstanden werden möchte und keiner mich versteht. Aber das hatten wir schon.«
»Glaubst du, du findest das bei Frauen, die dir nichts bedeuten?«
»Nein.«
»Denkst du, dass sie spurlos an dir vorbeigehen?
»Nein.«
»Was hinterlassen sie bei dir?«

[Schweigen]
»Ein Band zwischen ihnen und mir?«
»Ist es das?«
»Ja, ich werde irgendwie bis zu meinem Ende mit ihnen verbunden bleiben. Die Metapher mit dem Band trifft's, glaube ich, ganz gut.«
[Schweigen]
»Willst du die Frauen wegen der Sache mit Lovina bestrafen?«
»Nein.«
»Sondern?«
[Schweigen]
»Wahrscheinlich will ich mich bestrafen.«
»Warum?«
»Weil ich scheiße bin.«
»Denkst du das wirklich?«
»Nee, wahrscheinlich hat es mehr mit Wertlosigkeit zu tun. Mein Liebesleben ist wahllos. Ich habe kein Ziel.«
»Ist das immer so bei dir?«
»Vielleicht im Moment.«
»Hast du zu wenige gute Elternbotschaften gekriegt?«
»Arsch!«
»Treffer!«
[Pause]
»Magst du dich?«
»Das hatten wir schon.«
»Das ist länger her!«
[Schweigen]
»Nein, oder vielleicht nicht im Moment.«
»Warum nicht?«
»Das weiß ich doch nicht!«
»Wer denn dann?«
[Pause]
»Was sind deine Löcher?«
»Was sind Löcher?«
»Dinge, die dir fehlen.«
»Hab keine Löcher.«

»Okay, ich rufe beim Zoo an und lasse dir als einzigartigem Menschen ein Gehege reservieren.«
»Was soll das denn jetzt?«
»Mensch, jeder hat Löcher, jedem fehlt irgendwas. Alle sind auf der Suche.«
»Die Naturvölker nicht.«
»Hatten wir auch schon. Schöner Versuch, aber wir sind jetzt bei dir!«
»Mal sehen, gescheiterte Ehe, missglückte Schwangerschaft, gehörnter Ehemann, Vertrauensverlust, Erspartes weg, Scheidungskosten, Steuernachzahlungen, keine Liebesbeziehung, mangelndes Selbstwertgefühl, unzureichende Selbstliebe, fühle mich nicht verstanden, auf Äußerlichkeiten reduziert. Reicht das? Sonst sitzen wir morgen noch hier.«
[Schweigen]
»Was tust du dagegen?
»Ich arbeite daran!«
»Aha, und wie willst du deine Löcher stopfen?«
»Mann, das ist mir alles zu kryptisch! Was denkst du denn über das Thema? Das bewegt uns doch alle.«
»Das ist der Punkt! Versuch ruhig, deine Löcher mit Fremdem zu stopfen. Egal, wie viel du findest, es wird nie genug sein. Mögen es Frauen, Männer, Freundinnen, Freunde, Erfolge, Reichtümer und Macht sein. Deine Löcher kannst du nur mit dir selbst, mit deiner Liebe zu dir füllen.«
»Danke, Dr. Sommer.«
»Gern.«
[Pause]
»Was ist denn nun dein Thema?«
»Sagte ich schon. Vielleicht habe ich zu wenig gehört, dass ich in Ordnung bin, dass jemand stolz auf mich ist, mir vertraut. Ich möchte gesehen und gehört werden, um meiner selbst willen geliebt werden, nicht wegen Äußerlichkeiten wie dem Abziehbild eines netten Schwiegersohns. Die Fragen in mir sind nicht dunkel. Sie begleiten

mich schon mein Leben lang. Ich kenne sie. Ich sehe sie ganz klar. Ich fürchte mich nicht vor ihnen. Deswegen sind sie für mich hell. Die anderen finden sie dunkel, sie machen ihnen Angst.«
[Schweigen]
»Was willst du tun?«
»Ich weiß es nicht.«
»Gar nicht?«
»Ich muss wohl endlich losgehen.«
»Wohin?«
»Nach Hause.«
»Wo ist das?«
[Schweigen]
»In mir.«
»Was hoffst du, dort zu finden?«
»Mich.«
»Geht das genauer?«
»Mich mögen.«
[Schweigen]
»Wie willst du das schaffen?«
»Ich weiß es nicht.«
»Was wissen wir schon? Hast du keine Vorstellung?«
»Eher eine Ahnung. Ich möchte aus dem Kopf raus und in den Bauch rein. Ich möchte mich spüren, fühlen, lebendig sein. Ich möchte mehr auf mich achten und Nein sagen, wenn sich etwas nicht gut anfühlt oder mir wehtut. Ich möchte besser für mich sorgen.«
»Das ist doch ein Anfang!«
»Wollen und tun liegen weit auseinander.«
»Hör auf zu jammern, fang an! Worauf willst du noch warten?«
»Danke, Dr. Supernova-Sommer.«
»Netter Titel!«
»Mal nicht so empfindlich!«
»Aha, bin ich das?«
[Pause]
»Noch was!«

»Was denn?«
»Ich hab ein neues Bild von meinem Rückzugsgebiet.«
»Wo?«
»Weg vom Meeresgrund, es ist etwas in mir.«
»Lass hören.«
»Ein kleiner Bach plätschert über bunte Kieselsteine durch einen Rosengarten. Ursprung und Ziel sind unbekannt und auch unwichtig. Überall Kirschbäume, so wie in Japan, die aber ganzjährig blühen. Bunte, bizarr aussehende Vögel, so wie Eisvögel, lassen sich behutsam auf den Ästen nieder. Kein Geräusch stört. Am Bach steht eine kleine Holzbank. Sie bietet nur einer Person Platz. Ich setze mich. Hier darf ich wirklich und wahrhaftig sein. Der Rosengarten ist von hohen, altertümlichen Backsteinmauern umschlossen. Nur eine massive Holztür befindet sich in den Mauern. Das Schloss der Tür lässt sich nur mit einem schweren, alten Metallschlüssel, so wie aus dem Mittelalter, öffnen. Es gibt nur den einen Schlüssel. Ich trage ihn immer bei mir und gebe ihn auch nicht weg. Dieser Ort befindet sich ganz tief in mir. Nur ich darf ihn betreten. Dort finde ich Ruhe, kann mal Pause machen, bei mir sein.«
[Schweigen]
»Dieses Bild ist neu?«
»Ja.«
»Und du hast den Schlüssel noch nie verliehen?«
»Doch.«
»Lass mich raten.«
»Nicht nötig, an Lovina.«
»Scheiße, Mann.«
»Du sagst es.«
[Pause]
»Willst du einen?«
»Nee, nee, Mann, lass mal stecken.«

Der Hamburger

Hatte ich nicht mal Träume gehabt, in meiner Kindheit? Bin ich nicht als Engel geboren worden? Wollte ich nicht ein weißer Ritter sein? Was war aus mir geworden? Was für ein Leben führte ich? Ich hatte meine Flügel verloren. Ich konnte nicht mehr fliegen. Der Engel war gefallen. Ein weiter Weg lag vor mir, um sie zurückzuerlangen. Ich musste den Weg nach Hause beginnen, den Weg zu mir. Meine Dämonen folgten mir. Niemand entkommt so einfach dem soufflierenden schwarz Gewandeten auf seiner Schulter.
Samstagmorgen. Ich nahm den Gang raus, zog die Handbremse an, schaltete den Motor aus. Hamburg. Ich war völlig überarbeitet, erschöpft, brauchte eine Auszeit, auch wenn es nur für ein Wochenende war. Ich war aus Berlin geflohen. Auf der Fahrt wäre ich fast eingeschlafen. Ich fühlte mich wie ein angeschlagener Boxer, der zu viel auf die Fresse gekriegt hatte, zu oft zu Boden gegangen und angezählt worden war. Langsam stieg ich aus. Mein Rücken tat weh. Das Zapfventil der Tanksäule steckte ich im Schneckentempo in den Tank meines Autos, lehnte mich an den Kofferraum und vertraute der Abschaltautomatik. Ich stand neben mir und beobachtete dröge und schemenhaft den Tankvorgang. Mein Kopf war leer. Ein Wagen hielt an der Säule neben mir. Ich drehte mich nur aus Reflex oder Vorsicht um, wollte sichergehen, dass alles in Ordnung war, keine Bedrohung lauerte. Es war einer dieser besonderen Momente im Leben, ansatzlos und unerwartet, so wie damals bei Lovina. Ich muss noch heute an diese Frau an der Zapfsäule gegenüber denken. Was wäre in meinem Leben passiert, wo wäre ich heute, wenn ich mich anders und nicht so feige verhalten hätte?
Eine Frau stieg aus ihrem japanischen Flitzer, ein Roadster, und tankte. Wir sahen uns kurz in die Augen. Ich war

gefesselt und muss sie weiter unverhohlen angestarrt haben. Gleiches Alter, geschmackvoll angezogen, super Ausstrahlung. Sie hatte mich bereits eingewickelt. Ich war mit dem Moment überfordert, trat die Flucht an und ging zahlen. Dabei behielt ich sie im Auge. Auf dem Rückweg schien die Zeit stehen zu bleiben. Alles spielte sich für mich im Zeitlupentempo ab. Ich bemerkte die Beule an ihrem Kotflügel, weil sie davor stand und mit ihrer Hand daran entlang fuhr. Das sah zärtlich aus.
»Das tut richtig weh, oder?«
»Ja.«
»Ist die Beule schon älter?«
»Ganz frisch.«
»So'n Mist!«
»Ja.«
[Beide sehen sich an, warten.]
»Na, dann schönes Wochenende.«
»Dir auch.«
Die Frau, deren Namen ich wohl nie erfahren werde, muss mir hinterhergesehen haben, als ich zum Auto ging. Ich konnte ihren Blick in meinem Rücken spüren. Mir war übel geworden. Ich schwitzte. Ich ging immer weiter, stieg ein und fuhr weg. Bloß runter von der Tankstelle. Ich hatte Schiss.
Konsterniert stand ich am Ende des Wendekreises und zitterte beim Gedanken an die Frau. Meine Augen suchten das Wasser der Elbe, die kleinen Wellen, die an die Spundwände des Hamburger Hafens klatschten. Ich brauchte etwas Vertrautes, das mich ablenkte, beruhigte. Wasser. Funktioniert immer. Da saß ich nun also im Auto oberhalb des Hamburger Fischmarkts. Linn wartete auf mich. Ich war noch nicht zu spät dran. Linn war eine Studienfreundin, die über Berlin, St. Petersburg und Moskau nach Hamburg gekommen war. Eine Zeit lang hatten wir uns aus den Augen verloren. Sie hatte einen Russen geheiratet, war aber mittlerweile ebenfalls geschieden.

Raus aus dem Wagen, mein Rücken tat jetzt höllisch weh, rein zu Linn. Die Begrüßung war herzlich und tat mir gut. Ich musste Linn sofort von der Frau erzählen. Wie immer hörte sie mir ruhig zu. Bei Linn war ich gut aufgehoben. Sie kannte die Sache mit dem Meeresboden und dem Schlick. Zu meiner großen Freude wohnte sie oberhalb des Fischmarkts mit Blick auf die Elbe. Ich konnte stundenlang das Wasser und das Treiben darauf beobachten. Es war immer irgendetwas in Bewegung. Die Sonne warf funkelnde Sterne auf die Oberfläche. Nachts taten es die vielen Hafenlichter. Riesige Schiffe, groß wie Hochhäuser, zogen auf dem Fluss vorbei. Ihre tiefen Signalhörner dröhnten, um Hallo oder Auf Wiedersehen zu sagen.
Linn nahm mich in die Arme. Sie wusste von meiner Not. Wir hatten zwei Tage zuvor telefoniert, und ich hatte mich mehr oder weniger selbst eingeladen. Linns Umarmung tat gut. Vorbehaltlose, herzliche Nähe. Musik und Kerzenduft strömten aus ihrer Wohnung. Wir setzten uns, tranken mir zuliebe schwarzen Tee. Linn trank sonst immer Teesorten, von denen ich noch nie gehört hatte. Sprechen mussten wir kaum. Stille machte uns keine Angst. Keine Worte um der Worte willen. Linn hatte sich die Tankstellengeschichte aufmerksam angehört und dazu nichts gesagt. Dafür liebte ich sie.
Später gingen wir am Elbstrand und am Hafen spazieren – ich schleppte mich eher dahin – und aßen Buletten, die in Hamburg Frikadellen heißen, mit Senf und Brot, tranken dazu ein Astra in einem urtümlichen Hamburger Hafenlokal direkt am Fischmarkt. Es hätte mich nicht gewundert, wenn Hans Albers an der Theke gestanden hätte. Die Zeit schien hier stehen geblieben zu sein. Überall Ruder, Netze, Anker und anderer Seemannskram. Das hohe Alter war dem Mobiliar aus dunklem Holz anzusehen. Spinnweben sprachen für sich.
»Nee, Schnösel, hier kriechste nur Frikadelln. Nimmse oder lasses!« Die ruppige Art des Wirts passte. Musik

dudelte aus einer verschrobenen Musikbox. Die eine oder andere Gestalt in den Ecken oder am Tresen kippte ordentlich einen hinter. Lüttche Lage. Zigaretten-, Zigarren- und Pfeifengerüche rangen im Raum miteinander. Die Stunden verflogen.
In der Wohnung tranken wir im Anschluss noch ein Glas Prosecco. Ich entdeckte Tarotkarten auf ihrem Boden, geriet in ihren Bann und zog den Eremiten, den Herrscher und den Narren. Linn erklärte mir die Archetypen Kind, Vater, weiser Mann. Der Eremit setzte mir ganz schön zu. Selbsterkenntnis, Weisheit, Erleuchtung, sich in sich zurückziehen und Ruhe finden, Zeit der Besinnung, Neubewertung, Konzentration auf das Wesentliche, Reife, der eigene Lehrer sein. Isolation, Entfremdung, Verbitterung, chronische Krankheit, »Peter-Pan-Syndrom«. Ich spürte den Schlick in meinen Händen. Trotzdem ging es mir gut, dank Linn. Berlin und die Tankstellengeschichte hatte ich verdrängt.
»Mach doch mal Pause von dir.«
»Pause?«
»Steig mal aus deinem Kopfkino aus. Lass dich mal treiben. Zumindest heute und morgen.
»Ich versuch's.«
Irgendwie schaffte ich es, was allerdings zum großen Teil an Linn lag. Bei ihr fühlte ich mich beschützt. Ich musste ihr nicht viel erklären. Bei ihr musste ich nichts leisten. Ich ließ mich gehen. Katzenwäsche, die Klamotten in meiner Tasche blieben genauso unberührt wie mein Rasierzeug. Das fühlte sich auch noch richtig gut an.
Linn zündete immer viele Kerzen an. Wir beide genossen die Stunden. Ich war total erschöpft, schlafen konnte ich trotzdem nicht richtig. Am Sonntag standen wir früh auf. Mit langem Mantel wankte ich müde und verwildert auf dem Fischmarkt umher. Der schwarz Gewandete auf meiner Schulter tobte und rief immer wieder, ich ließe mich gehen, das käme absolut nicht infrage. Zum ersten Mal seit langer Zeit hörte ich nicht hin.

Menschen strömten über den Markt. Frühaufsteher, Nachtschwärmer, Touristen, Einheimische. Auch im dichten Gedränge waren die Marktschreier überall zu hören. Fisch gab es kaum zu kaufen, wohl aber Obst, Gemüse, Blumen, Pflanzen, Haushaltswaren, Spielsachen und Klamotten. Der Fischmarkt erinnerte mich eher an einen Trödelmarkt. Gerüche von Brat- und Currywürsten, Pommes, Asiasnacks und Crêpes waberten durch die Luft. In der alten, restaurierten Fischauktionshalle spielte eine Band deutsche Popklassiker. Der Fischhandel hatte hier bereits in den 50er-Jahren aufgehört. Es wurde ausgelassen, vielleicht auch betrunken wie auf einer Erstsemesterparty, getanzt. Einige hatten den Punkt, nach Hause zu gehen, längst verpasst und machten mit dem Sicherheitsdienst Bekanntschaft.

Am Nachmittag verstaute ich meine fast unberührte Tasche und startete den Motor. Irgendetwas fühlte sich gut, etwas anderes dagegen traurig in mir an. Verfluchte Tankstelle. Geliebte Linn.

Der Washingtoner

»Komm mal rüber, Partner!
Ich stand von meinem mit Akten übervollen Bürotisch auf und ging zu Kurt rüber.
»Hallo, Chef, was gibt's?«
»Lass das endlich mal. Wir sind jetzt Partner.«
»Daran werde ich mich wohl nie gewöhnen, Chef.«
»Du hast in der letzten Zeit weiter einen guten Job gemacht. Ich habe ein Bonbon für dich. Wie gut ist Dein Englisch?«
»Geht so.«
»Untertreib nicht.«
»Ganz gut.«
»Okay, ich habe eine dreimonatige Verwendung für dich in Washington D. C. Dort führt ein alter Studienkamerad von mir aus München seit Jahren eine Kanzlei. Flieg rüber, schau dir die Sache an. Wir überlegen, ob wir eine Überseesozietät gründen.«
»Super, mache ich.«
[...]
»Chef, äh, Kurt, ich denke wir sind Partner?«
»Wieso?«
»Wieso weiß ich dann bislang davon nichts?«
»Klugscheißer! Raus aus meinem Büro.«
Ich war zurück in meinem Büro bei Engel & Draeger und fing aufgeregt mit einer Projektskizze an. Dann legte ich den Stift weg. Ich hatte Angst vor der neuen Aufgabe. Ich spielte das Szenario immer und immer wieder durch. Langsam dämmerte es mir. Ich konnte mir eine Auszeit nehmen, vielleicht auch vorübergehend fliehen. Drei Monate raus aus Berlin, meinen Verstrickungen, Ritualen am Wochenende, meinem Erschöpfungszustand, dem ganzen Schlick hier. Was für ein Geschenk!

Ich hatte in den letzten Jahren zu oft auf meine Lebensbatterie zurückgegriffen. Im Gegensatz zum Alltagsakku war sie nicht aufladbar.
Kurt ließ sich darauf ein, dass ich kurzfristig rüberfliegen würde, um ein Konzept für das anstehende Vorhaben vor Ort zu erarbeiten. Die drei Monate wollte ich dann als eigentliche Projektphase nutzen. Ich wollte Peter aus der Kanzlei zumindest für die erste Zeit mitnehmen und einbeziehen, damit nicht alles an mir hängen blieb. Peter war ein fachkundiger Anwalt und vor Gericht ein guter Taktiker. Privat lebte er für die Fotografie. Seine herausragende Eigenschaft war das Fehlen von Neid. Er war gut damit klargekommen, dass ich für Münster und die Partnerschaft bestimmt worden war. Er hatte es als Sportsmann gesehen. Sollte Neid oder Missgunst in ihm gewesen sein, so ließ er mich das nicht spüren.
Peter und ich waren bereits eine Woche in Washington D. C. Ich hatte uns das Ritz-Carlton gegönnt. Adam, Kurts Studienfreund und der Chef der dortigen Kanzlei, wollte uns etwas Besonderes zeigen und hatte uns in eine Countrybar geführt. Eine Countrybar in Washington fand ich merkwürdig. Andererseits gab es auch Western, die in Virginia spielten.
»Was trinkt ihr beide denn da?«
»Wieso, was ist daran verkehrt?«
»Mensch, das trinken hier nur die Pupen.«
»Verstehe ich nicht, Adam.«
Adam beugte sich auf seinem Barhocker ganz dicht zu mir herüber.
»Wer in einer Countrybar Corona trinkt, gilt als Schwuler, als Tunte!«
»Habe ich noch nie gehört. Das kommt doch ursprünglich aus Mexiko. Dort gab es doch auch jede Menge Pistoleros.«
»Alter, das ist so, als wenn du dich unter den Achseln rasierst!«

Ich sagte besser nichts mehr und beobachtete lieber die merkwürdigen Schrittfolgen des Gruppentanzes. Adam erzählte irgendetwas von Bluegrass, Honky Tonk, Nashville Sound, Western Swing und Americana. Ich hörte nur mit halbem Ohr zu und trank lieber mein Corona.
»… ist ein Volkstanz, der Country Dance, so ne Art Gesellschaftstanz mit komplizierten Figuren. Kam alles irgendwie aus England und Irland und wurde vermischt. Die Musik besteht aus acht Phrasen mit jeweils acht Takten …«
Ich bewunderte die Harmonie des Tanzes.
»Peter, das würde ich nie hinbekommen. Tanzen fällt flach. Da machen wir uns doch nur total zum Horst.«
»Hast recht, aber schau dir mal die Kleine da drüben an!« Dunkle Augen, lange schwarze, seidig glänzende Haare bis zum Po. Einnehmendes Lächeln. Nur lächelte sie ihren Tanzpartner an. Die Frau erinnerte mich an die Squaws aus den Western. Sie war so hübsch, dass sie die Häuptlingstochter hätte sein müssen. Sie trug eine enge Hüftjeans und ein halb durchsichtiges, schulterfreies Oberteil. Die Konturen ihres BHs zeichneten sich sehr deutlich ab. Mir stockte der Atem.
»Auweia, Peter, was für eine Perle. Da kann man ja glatt sein Herz verlieren.«
»Man oder du?«
»Arsch! Aber keine Sorge, ich steh eh auf Blonde.«
»Two more Coronas, please!«
»Peter, Adam hat mir grade gesagt, dass das hier nur die Schwulen trinken.«
»Mir scheißegal.«
[Schweigen]
»Mir auch.«
»Schau mal, deine Squaw hat gerade rübergeguckt.«
»Wahrscheinlich macht sie sich gerade über die Tunten mit den gegelten Haaren an der Bar lustig. Dann kom-

men mehrere Schränke rüber und sagen uns, dass es nur einen Sheriff in der Stadt geben kann.«
»Die glotzt schon wieder.«
»Sieh nicht hin. Das gibt nur Ärger. Im besten Fall gibt's auf die Fresse, im schlimmsten verlierst du dein Herz in Übersee.«
»Sie kommt rüber!«
»Hello, do you like to dance?«
»He-hello, oh, no-o, thank you. I am not able to dance. Sorry!«
»You are!«
Die Squaw stand vor mir und lächelte. Ich bekam weiche Knie.
»Nun mach schon, Alter!« Dabei schlug mir Peter so heftig auf die Schulter, dass ich vom Barhocker rutschte.
»Okay.«
»Fine.«
Aus den Augenwinkeln sah ich, dass Peter, dieser verdammte Hund, Fotos machte, während ich über die Tanzfläche stolperte. Es war noch schwieriger, als es ausgesehen hatte. Natürlich hatte ich auf dem platten Land einen Tanzkurs absolviert. Das hatte dort ebenso außer Frage gestanden wie die Konfirmation. Ich mühte mich ab, aber dennoch war es eine einzige Katastrophe. Nach zwei Liedern gab ich auf und wartete auf die Hinrichtung durch die Squaw.
Sie nahm mich an die Hand, was mich noch perplexer und unsicherer machte, und führte mich zur Bar. Sie bestellte irgendeinen Lime Juice und für mich ein Corona. Wir prosteten uns zu und stellten uns vor. Sie hieß Tindra. Den Namen hatte ich noch nie gehört. Tindra erzählte mir, dass sie noch nie solche Vögel wie uns hier gesehen hätte. Typen mit Slim Jeans, eng geschnittenen weißen Hemden, spitzen Schuhen und gegelten Haaren, die auch noch Corona tranken. Peter und ich sahen uns an diesem Abend tatsächlich ziemlich ähnlich. Ich kam mit Tindra ins Plaudern und erzählte ihr, warum

wir hier seien und dass ich morgen zurück müsse. Tindra verriet mir eine ganze Menge über sich, von dem ich aber nur die Hälfte verstand, weil ich viel zu aufgeregt, mein Englisch so gut nun auch wieder nicht und die Musik zu laut war. Bei mir blieb hängen, dass sie 25 war, studiert hatte, nun bei einem Tierarzt arbeitete und dass ihre Mutter Miss Guatemala gewesen war.

Zum Schluss fragte Tindra, in welchem Hotel wir abgestiegen seien, und sagte dann, dass sie morgen um elf vorbeikäme, um mich zum Flughafen zu fahren. Ich hielt das für leeres Gerede und brachte sie noch zur Garderobe, half ihr dort in die Jacke und begleitete sie dann zum Auto. Dann war meine kleine Squaw weg und ich durch den Wind.

Als ich wieder reinkam, grinste Peter bis über beide Ohren und deutete siegesgewiss auf seine Kamera.

»Die kommt doch nie!«

»Glaub ich auch nicht.«

Am nächsten Morgen stand ich nervös und überpünktlich in der Eingangshalle und war mir sicher, dass Tindra nicht erscheinen würde. Ich hatte mich rausgeputzt und trug einen schönen schwarzen Anzug mit weißem Hemd. Sie kam kurz nach elf in die Lobby gefedert. Sie trug am Vormittag doch tatsächlich ein schwarzes Cocktailkleid und sah ebenso aufregend aus wie am Abend zuvor.

»Hello, nice to see you.«

»So am I.«

»Take your stuff and follow me.«

Tindra ordnete praktisch an. Es gab keinen Verhandlungsspielraum. Ich nahm meine Tasche und folgte ihr. Mit Peter hatte ich abgesprochen, dass wir uns am Flughafen treffen würden, sollte ich halb zwölf nicht bei ihm sein.

»I have a surprise for you!«

»Oh, wonderful!«

Sie führte mich zu einem alten, silberfarbenen S-Klasse Mercedes. Kofferraum auf, Tasche rein. Türen auf, wir rein, und schon ging es los.
»Close your eyes. Don't open!«
Ich folgte der Anweisung. Die Fahrt wurde langsamer. Irgendwann hielten wir.
»Don't open.«
»Okay, okay.«
Wie durchgeknallt musste ich sein, mich in einem fremden Land einer wildfremden Frau anzuvertrauen. Irgendwelche Kettenmassakerfilme kamen mir in den Sinn. Vielleicht würde man einen deutschen Touristen zerstückelt in einem Waldgebiet in Virginia finden.
Tindra nahm meine Hand und zog mich vorsichtig aus dem Auto. Dabei passte sie mit der anderen Hand wie in Polizeifilmen auf, dass ich mir nicht den Kopf am Auto stieß. Der Boden unter mir fing an zu knirschen. Wir mussten die Straße verlassen haben. Tindra führte mich an der Hand.
»Open your eyes!«
Ich öffnete meine Augen. Tindra stand neben mir auf der Aussichtsplattform vor einem Wasserfall und hielt meine Hand noch immer fest in ihrer. Das Wasser toste vom Hügel in einen kleinen See hinunter. Nebel hatte sich gebildet. Die Sonne schien wolkenlos vom Himmel herab. Es war einer dieser wunderschönen Tage im auslaufenden Jahr. Ein Regenbogen hatte sich gebildet. Um uns herum war Wald. Wir sagten beide nichts. Ich rang mit mir. Das war einer dieser Momente, in denen der Mann im Film die Frau küsst. Ich traute mich nicht. Tindra bestimmte.
»It's beautiful, isn't it?«
»Amazing.« Im Grunde hatte ich aber nur Augen für die kleine Squaw neben mir.
Ich war viel zu aufgeregt, um nach dem Namen des Wasserfalls zu fragen. Dann gingen wir zurück. Ohne Kuss, aber Händchen haltend.

Eine halbe Stunde später ließ sie mich vor meinem Gate am Flughafen raus. Flink wie eine Katze küsste sie mich auf den Mund und drückte mir ein Buch von Pablo Neruda, eine rote Rose und grüne Weintrauben in die Hand. Weg war sie. Mein Herz pochte wie wild. Das hatte noch keine Frau mit mir gemacht. Sie hatte mich voll erwischt. Am Gate wartete Peter mit einem breiten Grinsen und der Kamera in der Hand auf mich. Klick! Jetzt hatte auch er mich abgeschossen.

»Alter, wie siehst du denn aus?«

»Bitte, bitte sag nichts. Erst wieder in Berlin.«

Tindra und ich telefonierten jeden Abend miteinander. In Berlin war es 22:00 Uhr, in Washington 16:00 Uhr. Dieses Ritual tat mir gut und zwang mich, sesshafter zu werden. Ich war seit langer Zeit mal wieder richtig verknallt. Peter stichelte, wann immer er konnte. Im Grunde freute er sich aber mit mir. Zur Strafe bekam er mein Gejammer ab.

»Transnationale Beziehung. Das wird doch sowieso nichts. Mein Englisch reicht nicht. Ich habe das Ausdrucksvermögen eines 15-Jährigen. Tindra kann kein Wort Deutsch. Soll ich nach dem Projekt in Washington bleiben, soll sie hierher kommen? Die wird hier doch kreuzunglücklich. Ich will doch dort nicht leben. Ich liebe Berlin!« Und so weiter.

»Mensch, Alter, wart doch erst mal ab. Du hast doch noch drei Monate in Washington, um deine Antworten zu finden. Lern sie doch erst einmal kennen. Ihr habt euch vielleicht ein, zwei Stunden gesehen, mehr nicht. Bleib doch mal locker!«

Peter hatte recht, aber ich war ganz und gar nicht locker. Sechs Wochen später, Anfang Januar, flog ich für drei Monate nach Washington D. C.

Ich versuchte, mir während des Flugs alles Mögliche einzureden. Doch alle Sorgen und Nöte verpufften, als Tindra mir in der Wartehalle in die Arme fiel. Sie hatte sogar ihre Mutter mitgebracht, mit der ich auch schon ein paar Mal kurz telefoniert hatte. Ich konnte noch deutlich sehen, warum sie einmal Miss Guatemala gewesen war. Es fühlte sich schon fast familiär an. Verrückt. Hier waren nun die Hauptstadt und der Regierungssitz der Vereinigten Staaten von Amerika. Durch Tindra fühlte ich mich nicht bloß wie ein Tourist im Ritz-Carlton und in einer Countrybar, sondern fand einen ganz anderen Zugang zu Land und Leuten. Washington D. C., Sitz des Internationalen Währungsfonds, der Weltbank, 600.000 Einwohner und ein Einzugsgebiet von sieben Millionen Menschen, achtspurige Autobahnen, Trucks, Geländewagen Pick-ups, riesige Einkaufszentren mit ebenso großen Parkplätzen, vorwärts einparken, Kinozentren, Schnellrestaurants mit Platzanweisung, Anacostia River, der in den Potomac River mündet, drei Universitäten, das Weiße Haus, Kapitol, Pentagon, Washington Monument. Manche Dinge kamen mir außergewöhnlich vertraut vor. Wahrscheinlich hatte ich zu viele amerikanische Filme gesehen.

Ich hatte über Tindra für eine Unsumme ein möbliertes Zimmer Downtown, fußläufig von Adams Kanzlei angemietet. Aber in dieser Stadt machte niemand etwas ohne Auto. Ihre Mutter fuhr uns nun zu meinem neuen Domizil. Das Zimmer war für meinen Geschmack kitschig eingerichtet, aber ansonsten voll in Ordnung. Nachdem ich meine Sachen abgeladen hatte, ging es gleich weiter. Wenigstens hatte ich mein Hemd wechseln können. Mutter und Tochter hatten darauf bestanden, dass ich zum Essen nach Hause mitkam. Die Familie mitsamt Stiefvater hieß mich herzlich willkommen. Nur Tindras Hund, eine Kampfhündin, knurrte mich unentwegt an. Abends fuhr mich Tindra mit ihrem alten, hoch motorisierten, goldfarbenen Ford Cougar nach Downtown.

Vormittags trieb ich mich in Adams Kanzlei rum. Ich hatte zunächst keine Ahnung, warum Kurt drei Monate für das Projekt veranschlagt hatte. Für die Informationen,

die ich brauchte, hätte ein Monat gereicht. Mir dämmerte langsam, dass mein Chef mich vielleicht auch aus einem anderen Grund weggeschickt hatte.
»Geh doch mal nach Hause!«,
»Nimm dir nicht jeden Tag Akten mit!«,
»Es gibt noch andere Dinge als die Arbeit!«,
»Wenn du so weiter machst, liegst du bald sabbernd im Bett und starrst tagein, tagaus unter die Decke. Mehr als die Urkunde des Mitarbeiters des Monats kriegst du dafür auch nicht!«. Dies und Ähnliches hatte ich in letzter Zeit immer öfter von ihm gehört. Dieser verdammte, gerissene Hund! Kurt hatte mich zu meinem eigenen Schutz weggeschickt. Ich hatte es nicht einmal gemerkt.
Nachmittags machten Tindra und ich oft Spaziergänge. Sie las mir gern vor, auch wenn ich nicht alles verstand. Wir gingen regelmäßig ins Kino, shoppen und essen. Mittlerweile übernachtete ich ab und zu bei ihr. Die Kampfhündin, die ihren Platz im Bett für mich hatte räumen müssen, war darüber gar nicht glücklich. Bei Tindras Mutter war ich mir nicht sicher. Es sagte aber niemand etwas.
Mittlerweile hatte ich mir aus Blödelei eine Bomberjacke gekauft. Ich fand, dass sie hervorragend zu Tindras Auto und Hund passte. In Deutschland hätte ich mich das nicht getraut. Ich fuhr. Linkin Park dröhnte aus den Boxen. Tindra hielt meine Hand. Die Hündin knurrte auf der Rückbank.
An einem Samstagmorgen wachte ich allein in Tindras Bett auf. Nicht einmal die Hündin begrüßte mich mit morgendlichem Grollen. Die kleine Squaw hatte einen Zettel dagelassen: Sie würde für das Frühstück einkaufen. Ich schlummerte wieder ein und wurde erst durch ein lautes Motorengeräusch aufgeweckt. Tindra kam mit lausbübischem Grinsen in ihr Zimmer.
»Good morning, get up. Something is waiting for you!«
Notdürftig restauriert und angezogen trat ich vor die Haustür und wollte meinen Augen nicht trauen. Die

kleine Squaw stand vor einem riesigen, weißen Pick-up. Sie wusste von meiner Sehnsucht, einmal so ein Ungetüm zu fahren, und hatte kurzerhand eines gemietet. Ich nahm sie in den Arm, vollführte einen kleinen Tanz mit ihr und küsste sie. Und los ging es. Schon beim leichten Gasgeben drehten die Hinterräder durch.
Bis auf einen Abend haben wir uns nicht einmal ernsthaft gestritten. Es ging um die Bilder der Vergangenheit. Eifersucht. Das Übliche. Unsere Tage in Washington neigten sich langsam ihrem Ende zu. Wir fingen an, über unsere Zukunft zu sprechen. Ich könnte dort eine Arbeit finden, vielleicht bei Adam. Sie könnte nach Berlin kommen. Und so weiter, ohne dass ich konkret wurde.
Am vorletzten Abend saß sie mir auf ihrem Bett gegenüber und sah mir im Kerzenschein in die Augen.
»Do you want to marry me?«
[Schweigen]
»Serious question?«
»Yes!«
[Schweigen]
Ich wusste nicht, was ich sagen sollte und schloss die kleine Squaw als Ablenkungsmanöver in meine Arme. Ich habe ihre Frage nie direkt beantwortet.
Tindra brachte mich zum Flughafen und weinte. Ich war erstarrt. So trennten wir uns nach einem langen Kuss.
Ich hatte wie bei Marlene immer noch Angst und ließ die Beziehung zwischen Tindra und mir voll gegen die Wand fahren. Beim erstbesten Streit trennte ich mich von ihr am Telefon, obwohl ich immer noch in sie verliebt war.

Der Sinn des Lebens

Hatten Sie in Ihrem Leben schon einmal eine Vision? Wollten Sie irgendwann einmal etwas Bestimmtes tun? Oder wollten Sie, dass es auf Sie zukommt, Ihnen passiert? Ich hatte neben meinen kindlichen Tagträumereien eine solche Vision.
Ich saß mit Marius, Viktor und Felix im Café am Neuen See, das nahe der Lichtensteinallee mitten im Tiergarten liegt und im Sommer wohl einer der schönsten Plätze in Berlin ist. Die Gäste sitzen unter Bäumen direkt hinter dem Tiergarten am Wasser. Das Areal ist in den letzten Jahren immer weiter ausgebaut worden, sodass aus dem einstigen Geheimtipp ein großer, aber immer noch schöner Biergarten geworden ist. Mittendrin ruht der kleine, romantische, am Ufer dicht bewachsene See im Herzen Berlins. Darauf: Touristen mit geliehenen Ruderbooten. Das Motto »Sehen und gesehen werden« gilt für viele Gäste im Café. Manchmal wabern die Gerüche des Tiergartens herüber.
Felix hatte gerade vier Halbe und Brezeln auf einem orangefarbenen Tablett herangeschafft. Wir saßen an einem Biertisch auf der Terrasse, die knapp über den Seerand reichte. Die Sonne schien. Es war warm. Das Café war bereits am Nachmittag, vor allem am Wochenende, gut besucht. Mein Blick driftete irgendwohin. Ich hörte meinen Freunden gar nicht zu. Sie lachten gerade.
Auf dem schmalen Rasenstück an der Wasserkante spielte ein Kleinkind unsicher mit einem kleinen, roten Plastikball. Einen kurzen Moment beobachtete ich das Kind, bevor meine Augen wieder wegdrifteten. Irgendetwas ließ mich noch einmal zu dieser Stelle zurückkehren. Das Rasenstück war leer. Hier war er also, der Moment, den ich solange vorher gespürt hatte. Wortlos sprang ich auf, lief los, hechtete über die Brüstung der Seeterrasse auf das Rasenstück und dann ins Wasser. Dort trieb das klei-

ne Kind kopfüber. Ich riss es hoch und klopfte ihm auf den Rücken. Es begann, zu schreien. Eine aufgelöste Mutter kam über das Rasenstück auf uns zu.
»Ich habe doch immer so aufgepasst, nur einen kleinen Moment, und jetzt das.« Auch Sie fing an, zu weinen. Ich fand keine Worte und drückte ihr das schreiende Kind in die Arme.
»Es scheint ihm gut zu gehen.«
Bei dem einzigen Satz, der mir dann doch einfiel, streichelte ich die Wange des Kindes und ging danach wie ferngesteuert zur Toilette. Dort säuberte und trocknete ich mich notdürftig. Als ich zurückkam, hatte sich eine Traube um Mutter und Kind gebildet. Ich beobachtete sie im Vorbeigehen, konnte aber nicht hören, was gesprochen wurde.
»Alle Achtung!« Felix schlug mir auf die Schulter.
»Du bist der Held des Tages!«, kam von Marius.
»Prost!« Viktor stieß mit seinem Humpen auf dem Tisch gegen meinen.
Während meine Freunde mich befragten, kam die Mutter an unseren Tisch und bat mich, ihr meine Adresse aufzuschreiben.
»Vielleicht möchte sich meine Tochter irgendwann einmal bei Ihnen bedanken. Ich tue es heute schon.« Ihre Schminke war verlaufen.
Es war ein Instinkt gewesen. Jahre hatte ich das Bild mit mir herumgetragen, dass ich einmal ein Kind aus dem Wasser ziehen würde.
»Was geht jetzt in dir vor?« Marius sah mich neugierig an.
»Nichts, alles taub, ich fühle nichts.« Wir tranken unser Bier.
Abends breitete sich ein warmes Gefühl in mir aus, als ich auf meinem Bett lag und an die Decke starrte. Und wenn ich nur dafür gelebt haben sollte, so hat mein Leben einen Sinn gehabt.

Schlick aus meinen Händen

»Was geht ab, Alter?«
»Ne Menge!«
»Hau raus!«
»Okay, ich bin jetzt vierzig. Unglaublich, oder? Ich kann es manchmal selbst nicht fassen. Na, jedenfalls gibt es langsam keine Ausreden mehr. Worauf soll ich noch warten? Andere werden meinen Weg nicht für mich gehen. Ich bin endlich bereit, besser für mich zu sorgen.«
»Alter Schwede, klingt nach Erleuchtung dritten Grades.«
»Haha, sehr witzig. Sonst bist du doch der Hobbypsychologe!«
»Bisschen dünnhäutig heute, oder?«
»Nee, nee, hier sieh mal. Hab ich gestern Abend für mich aufgeschrieben.«
[Zeigt einen Zettel]
»Ich hatte Angst, zu kämpfen.
Ich habe die Lüge gefürchtet und gelogen.
Ich habe Menschen verletzt.
Ich habe Wege beschritten, die nicht meine waren.
Ich habe mich unbedeutenden Verletzungen hingegeben.
Ich habe die Dunkelheit gesucht.
Ich habe an Gott gezweifelt.
Ich habe Ja gesagt und meinte Nein.
Ich habe Ja zu anderen gesagt und meinte Nein.
Ich habe Nein zu anderen gesagt und meinte Ja.
Ich habe Nein zu mir gesagt und wollte das Gegenteil.
Ich war unsicher, ob ich ein Krieger des Lichts bin.
All das war nötig, um mich meinen Weg finden zu lassen und zu dem zu machen, der ich bin.«
»Oho!«
»Das ist alles?«
»Was erwartest du denn?«

»Gar nichts! Eben das habe ich gelernt. Ich erwarte von dir nichts, sonst kann ich nur enttäuscht werden. Aber ich wünsche mir, dass du mich jetzt ernst nimmst. Das meinte ich damit, dass ich besser für mich sorgen möchte. So etwas kann ich jetzt formulieren.«
»Geritzt! Was ist denn in letzter Zeit abgegangen? Du wirkst anders.«
»Ich bin mittlerweile wieder neugierig und freue mich auf das, was kommt.«
»Wodurch kam die Wandlung?«
»Trotz der ganzen Scheiße, die ich verzapft habe, konnte ich irgendwie einen weißen Kern in mir hinüberretten. Der macht mir wieder Spaß.«
»Ja, aber woher kommt's?«
»Letztlich ist alles eine Sache der Perspektive. Das habe ich begriffen.«
»Du meinst die Sache mit dem halb vollen oder halb leeren Wasserglas?«
»Wenn du so willst.«
»Und?«
»Ich habe mich in den letzten Jahren weiterentwickelt. Manchmal waren es große Ereignisse oder Sprünge, die mich geprägt haben, meistens geschah es aber eher sanft, von mir selbst fast unbemerkt. Ich möchte die Entwicklungen der letzten Jahre endlich akzeptieren und nicht in der Vergangenheit kleben bleiben oder rumjammern. Ich kann und will nicht zu dem alten Ich zurück. Auch wenn das einigen nicht gefällt, und sie es wiederhaben wollen. Sonst müssten die sich ja vielleicht auch noch selbst infrage stellen! Das alles ist schwer, ich muss ganz schön einstecken, aber ich will einfach nicht zurück.«
»Das ist es?«
»Nein, nein, nicht so ungeduldig. Ich bin noch nicht fertig. Ganz wichtig ist, dass ich für mich sorge, meine Grenzen zeige und endlich Nein sage, wenn ich es tatsächlich meine!«

»Hast du eingangs schon gesagt. Hört sich erst einmal gut an.«
»Vieles ist auch eine Sache des eigenen Energiehaushalts. Neben dem Neinsagen geht es auch um innere Einstellungen. Wie oft habe ich mich früher über Kleinigkeiten aufgeregt! Jetzt frage ich mich: Ist es wirklich so schlimm? Meistens kann ich es gleich verneinen und komme schnell wieder runter. Wie häufig habe ich meine eigenen Schwächen, Ängste und Erwartungen auf andere draufgehauen und mochte sie irgendwie nicht. Heute versuche ich, die Wertung sein zu lassen. Wenn jemand in die U-Bahn einsteigt, und ich merke, dass wieder so ein scheiß Film in mir abläuft, stelle ich mir vor, dass der Typ ein toller Familienvater oder so was ist. Das funktioniert. Ich kann mich entspannen und aus meiner Projektion aussteigen.«
»Wo kommt das alles her?«
»Wo soll ich anfangen?»
»Egal.«
»Na, ich habe mich mit meinen Themen beschäftigt, Kurse besucht, eine Atemtherapie gemacht, Bücher gelesen, mehr hingeschaut, bin wachsamer geworden, auf Leute zugegangen, die auch keine Lust wie Keanu Reeves auf den willenlosen Schlaf in der Matrix haben.«
»Bist Du der Auserwählte?«
»Sehr witzig. Davon bin ich weit entfernt. Ich war mit einem Freund zum Angeln in Schweden, statt nach Ibiza zu fliegen. Ich habe mich irgendwann an das Zitat von Charlie Chaplin erinnert, dass ein Tag ohne Lachen ein verschwendeter ist, und an das spanische Sprichwort, dass es besser ist, allein zu sein als in schlechter Gesellschaft. Ich bin aus dem möblierten Zimmer raus, das sich nicht nach mir anfühlte, und zum Hackeschen Markt gezogen. Wenn ich vor die Tür trete, bin ich mitten im Leben. Das fühlt sich einfach gut an. Bei mir um die Ecke wird beim Paket abholen im Kinderladen geplauscht, genauso bei Kitti, Fridas Schwester, im 103, Good Morn-

ing Vietnam, bei Monsieur Vuong, die Läden kennst du doch alle! Das Kiezgefühl ist einfach klasse. Mensch, ich habe sogar gelernt, sonntagmorgens allein ins Kino und brunchen zu gehen, ohne mich einsam und verloren zu fühlen. Echt heftig, sich in den Hackeschen Höfen einen libanesischen Spielfilm mit deutschen Untertiteln anzuschauen und dabei der einzige Gast zu sein. Das Blond ist aus meinen Haaren verschwunden, meine Klamotten habe ich von laut auf leise gestellt. Das Auto ist weg. Ich brauche keins, nicht mal mehr als Statussymbol. Irgendwie bin ich angekommen.«
[Schweigen]
»Und das kam einfach so über Nacht?«
»Nee, Mann, natürlich nicht. Was ist denn heute los mit dir? Das war ein ganz langer Prozess. Wenn du so willst, hat das wahrscheinlich schon mit meiner Geburt angefangen. Kommt das alles so überraschend für dich?«
»Schon ein wenig.«
»Mensch, ganz ehrlich, für mich auch. Aber das war ein langer Prozess und ist es noch.«
»Also ist jetzt alles tutti?«
»Ach, so ein Blödsinn. Bin noch lange nicht durch. Nimm mich endlich mal ernst!«
»Entschuldige!«
»Ich habe ganz viele Narben. Das mit dem Wachsein, raus aus dem Schlaf in der Matrix, aus den Alltagsnormen und dem täglichen Wahnsinn, ist sauschwer. Meine Narben betrachte ich immer mehr als Erfahrungen, die ich gemacht habe, vielleicht auch als Erinnerungen an Dinge, damit ich sie nicht wiederhole.«
»Ja, verdammte Narben!«
»Ich möchte mich nicht mehr länger gegen meine Verletzungen, Zurückweisungen und den Spott wehren. Das ist eh unmöglich und kostet einfach nur Kraft, und zwar mehr, als ich habe. Viel wichtiger ist mir geworden, Verletzungen und Spott zu akzeptieren und daraus zu lernen. Sollen die doch reden!«

»Und das funktioniert?«
»Der einfachste Weg führt nicht immer an den gewünschten Ort. Aber es war so einfach, dass es mir immer noch seltsam erscheint, weshalb ich es nie zuvor versucht hatte. Wahrscheinlich habe ich den Wald vor lauter Bäumen nicht gesehen. Entscheidend ist, nicht länger im Außen zu suchen, sondern in dich reinzuhorchen, bei dir zu bleiben.«
»Aha. Klingt schwer einfach, einfach schwer.«
»Weißt Du, was ganz doll wichtig war?«
»Nö, woher denn?«
»Dass ich mich in der Zeit der größten Not nicht verlassen habe.«
»Verstehe ich nicht.«
»Wenn ich mich wieder einmal einsam gefühlt habe, hab ich mir gesagt: He, du bist nicht allein, du hast doch dich!«
»Mannomann, worauf läuft das hinaus?«
»Na, wie bei Musashi, dem legendären Samurai. Der wollte nicht der beste Schwertkämpfer, sondern ein immer besserer Mensch sein. Letztlich geht es darum, an sich zu arbeiten und nicht am Umfeld, aber besonders darum, dich in der Krise nicht selbst zu verlassen. Die Chance in der Krise zu sehen.«
»Besserer Mensch, wie anmaßend!«
»Aha, klingt das so für dich? Interessant, wie du das siehst.«
[Pause]
»Was macht dein Liebesleben?«
»Nächstes Thema bitte.«
»So schlimm?«
»Was heißt schlimm? Es ist der ewige Tanz zwischen Nähe und Distanz.«
»Und wie eng tanzt du?«
»Ich weiß es nicht. Auf der Suche bin ich nicht mehr. Ja, ja, sagen alle, wirst du denken, klingt abgedroschen. Also, ich möchte es mehr auf mich zukommen lassen. Viel-

leicht ist sie irgendwo da draußen. Und wenn ja, dann wird es auf mich zukommen. So lange muss ich eben warten.«
»Wie kommst du zu dem Schritt, den alle wollen? Ist es nicht eher Resignation?«
»Na, ich hoffe nicht. Was fällt mir dazu ein?«
[Pause]
»Liebe ist still, sie folgt keinem Plan, keinem Muster, sie lässt sich nicht größer machen, als sie ist. Es ist besser, sie als Geschenk blühen zu lassen und still zu genießen. Echt abgefahren, Alter! Alles, was du ohne Liebe machst, ist eine Illusion, nichts, was du ohne Liebe lebst, ist wahr. Dabei haben wir weder das Recht noch die Macht, andere zu verändern. Ändern kann man sich nur selbst.«
»Herzlichen Glückwunsch, Dr. Sommer vierten Grades!«
»Das ist ja billig!«
»Wo führt das alles denn jetzt bei dir hin?«
»Die größere Herausforderung besteht darin, sich zu mögen.«
»Wow! Und du magst dich?«
»Hat begonnen.«
[Pause]
»Wird schon!«
[Schweigen]
»Willst noch einen?«
»Nee, Mensch, hab genug.«
»Los noch einen!«
»Lass gut sein.«
»Na, dann eben ich allein.«
»Pass auch du auf dich auf.«
»Klar, ich kipp nur noch den hinter, nur noch den …«

Der Vorhang fällt

Nachdem der schwere bordeauxfarbene Vorhang zu- und wieder aufgegangen war, verbeugten sich die Schauspieler vor ihrem Publikum und warteten auf das Urteil. Sie waren für den Applaus Künstler geworden, davon lebten ihre Seelen, für ihn standen sie heute Abend hier. Vor allem der Hauptdarsteller, der sich besonders tief verneigt hatte, machte einen erschöpften Eindruck. Sein Gesicht verriet Unsicherheit. Was würde das Publikum über das Stück sagen, was würde am nächsten Tag darüber, was über ihn in den Zeitungen stehen? Der Mann nahm – wie schon vor der – Aufführung –das Mikrofon in die Hand.

»Verehrtes Publikum, sehr geehrte Damen und Herren, ich habe lange Zeit auf dem Meeresboden verbracht und neidisch nach oben geschaut. Nachdem ich langsam aufgetaucht war, habe ich sehnsuchtsvoll mit Sand zwischen den Zehen am Strand gestanden, auf den unendlichen Horizont gestarrt und gewartet, dass meine Wünsche in Erfüllung gehen. Ich habe meine Zeit gebraucht, bis ich mich irgendwann umdrehen und losgehen konnte. Einen Teil meiner Sehnsucht nach dem Meeresgrund mit seinem Schlick und nach der Unendlichkeit des Horizonts habe ich zurückgelassen. Einen anderen Teil davon habe ich behalten. Er ist ein Stück von mir. Ich wusste nicht, ob ich es überhaupt soweit schaffen würde. Vor lauter Zielen vergaß ich das Glücklichsein. Ich weiß nicht, was noch kommt. Ich bin gespannt. Dennoch, ich habe es bis hierher geschafft. Ich wurde älter. Ich habe begonnen, mich zu mögen.

[…]

»Lass uns langsam aufstehen. Wir sind fast die Letzten.«
»Warte noch, an der Bar wird es noch zu voll sein.«
»Ist das der einzige Grund?«
»Ja.«

[Schweigen]
»Und, Luise?«
»Ach, Harald, du weißt doch, dass ich direkt danach nicht gern über das Stück spreche!«
»Tendenz?«
»Ich muss das erst einmal sacken lassen. Das Stück hört doch irgendwie mitten drin auf.«
»Ja, aber es geht doch nicht um den Tod, sondern um die erste Lebenshälfte, um das Älterwerden an sich. Es heißt doch, dass sich die erste Identität bei Menschen zwischen 38 und 42 erschöpft und sie sich danach wieder neu finden müssen.«
»Ach, war das bei Dir so?«
»Bei Dir nicht?«
»Hmmh.«
[...]
»Komm, lass uns unsere Mäntel holen.«
»Ich würde gern noch einen Absacker trinken.«
»Du hattest zwei Gläser in der Pause!«
»Zählst du jetzt schon mit?«
»Zu Hause hattest du auch schon zwei Gläser.«
»Mensch, Harald, lass mich doch!«
»Ich sag's ja nur.«
[Pause]
»Schlürf nicht so!«
»Ich trinke so, wie ich es will. Hol lieber die Mäntel.«
»Gleich. Und was sagst du nun zum Stück?«
»Der Hauptdarsteller war nervös.«
»Dann ist er noch hungrig. Ein satter Künstler ist ein schlechter Künstler.«
»Mein kleiner Philosoph. Der war zum Schluss immer noch sehr angespannt, dazu auch noch verschwitzt. Und wie sein Hemd ausgesehen hat!«
»Der hat eben alles gegeben. Aber was sagst du zur eigentlichen Handlung?«
»Weiß nicht. Lass uns nach Hause, Cherie.«
»Ja, Euer Durchlaucht.«

Danksagung

Geliebtes Wesen,
Dein Licht und Deine Wärme bilden das Zentrum meines Universums, stehen im Zenit der Zeiten und sind der Ursprung im Strudel meiner Gefühle. So hell scheinst und loderst Du, dass ich wie eine Motte stets Deine Nähe suche. Ich fliege zu Dir und setze mich in den Garten Eden zu Deinen Füßen. Hier finde ich mein Refugium, kann für kurze Zeit die Zeit anhalten und unverwundbar sein. Ich spüre mich durch Dich. Meine Gedanken fließen sanft wie ein seichter Bach dahin. So klar fühlt sich alles in mir an, bin ich doch bei mir und spüre das Leben und die Liebe. Ich bin.
Geliebtes Wesen,
immer hast Du mich sein lassen und nie gefordert. Stets warst Du da, ohne mich zu erdrücken. Immer hast Du gesprochen, ohne ein Wort zu verlieren. Du warst voller Liebe und Zuversicht. Durch Dich habe ich die Liebe zu leben gelernt. Du gabst mir die Möglichkeit, mich zu entscheiden, zu fühlen oder gefühlt zu werden. Ich durfte.
Geliebtes Wesen,
Du wurdest 1912 geboren, als Europa kurz vor dem Ersten Weltkrieg stand, der Dir den Vater nahm. Ein früher erster Verlust. Als Du zwei Jahre alt warst, zog er von dannen, mit fünf Jahren bekamst Du die Nachricht, dass er nie zurückkommen würde. Was blieb, waren Deine Erinnerung an seltene Momente in seinen Armen und ein Spitzentüchlein aus Brüssel, das Du bis zuletzt bewahrtest.
Deine Mutter war als junge Witwe bald von ihrer Arbeit in der Molkerei überfordert. Als Kind musstest Du schon mithelfen. Wenige Jahre später heiratete Deine Mutter zum zweiten Mal. Nun bekamst Du einen Stiefvater und auch einen Stiefbruder, die Du über alles lieben lerntest.

Doch war Dein Glück nur von kurzer Dauer. Der frühe Tod Deiner Mutter erschütterte Dein Leben und Dein Urvertrauen ein weiteres Mal. Noch im hohen Alter zitterte Deine Stimme und Deine Tränen bildeten kleine Bäche voller Trauer in Deinem Gesicht, wenn Du davon erzähltest. Du zogst mit Deiner Stieffamilie in das Ruhrgebiet, in unbekannte Gefilde. Dort gingst Du zur Schule, führtest den Haushalt und hütetest Deinen geliebten Bruder. In schönster Erinnerung blieb Dir die Reise mit Deinem Stiefvater in seine Heimat Ostpreußen.
Noch vor Deinem 18. Geburtstag starb Dein Stiefvater. Du warst auf Dich allein gestellt und musstest zugleich für Deinen Stiefbruder sorgen. Du lebtest auf einem Gutshof, den Du Mitte der 30er-Jahre in Richtung Deiner Wurzeln, Deiner Heimat verließest. Dort solltest Du als Hausmädchen arbeiten. Im Jahr 1937 zog Dein zukünftiger Mann in Deine Stadt und gründete ein Geschäft. Er fand seine Liebe in Dir und heiratete Dich 1938.
Dein Stiefbruder begann eine Lehre bei Deinem Ehemann. Deines Ehemanns Bruder war ein Arzt, der 1941 bei einem medizinischen Selbstversuch starb. Zu seiner Ehefrau solltest Du eine Freundschaft entwickeln, die ein Leben lang hielt.
Nur ein Jahr nach Deiner Hochzeit begann der Zweite Weltkrieg. Dein Mann wurde eingezogen und kam nur selten auf Fronturlaub nach Hause. Auch Dein Stiefbruder zog in den Krieg. Das Geschäft führtest Du mittlerweile. 1942 gebarst Du Deinem Mann eine Tochter, die Euch 1944 durch Scharlach in den Tod verließ. Bald wurde Eure zweite Tochter geboren, doch solltest Du den Verlust der ersten nie verwinden. Dein Mann geriet in amerikanische Gefangenschaft und kehrte erst 1946 in die Heimatstadt zurück. Dein Stiefbruder starb in den letzten Kriegsmonaten als Flieger im Einsatz.
Von allen Verwandten lebte allein die Mutter Deines Mannes, die zu Euch zog.

Tag und Nacht arbeitetet Ihr in Eurem Geschäft. 1950 wurde Euer Sohn geboren. Im Zuge des Wirtschaftswunders bescherten Euch die 50er-Jahre einen finanziellen Aufschwung. Durch einen Umbau entstand 1952 ein wunderschönes Geschäft.
1963 starb Dein Mann und der Vater Deiner zwei Kinder überraschend an Krebs. Nie wieder nahmst Du einen anderen Mann.
Du selbst starbst 2005 als zweifache Mutter, Großmutter und Urgroßmutter.
Geliebtes Wesen,
Dein Leben war bestimmt durch Tod und Verlassenheit. Dem Tode hast Du Dich nicht gebeugt. Du hast Dich nicht in Gram und Verbitterung geflüchtet. Du hattest zwar die Wirklichkeit ein Stück weit verlassen. Doch das ist Engeln wohl zu eigen.
Den Horizont auf dieser Seite hast Du hinter Dir gelassen, um fortan auf der anderen Seite zu leuchten.
Mit dem Tod beginnt das Leben, mit dem Leben der Tod.

(Steve Schroyder & Lars Landers im Gedenken)

Der Vorhang geht auf
Der kleine Wassermann
Das Innenstadtkind
Das Landkind
Der kleine Prinz
Der Schüler
Die erste Liebe
Die Schwester
Der Berliner
Der Student
Schlick in meinen Händen I
Auftauchen
Schlick in meinen Händen II
Das Böse Mädchen
Schlick in meinen Händen III
Abtauchen
Der gefallene Engel
Schlick in meinen Händen IV
Der Hamburger
Der Washingtoner
Der Sinn des Lebens
Schlick aus meinen Händen
Der Vorhang fällt
Danksagung